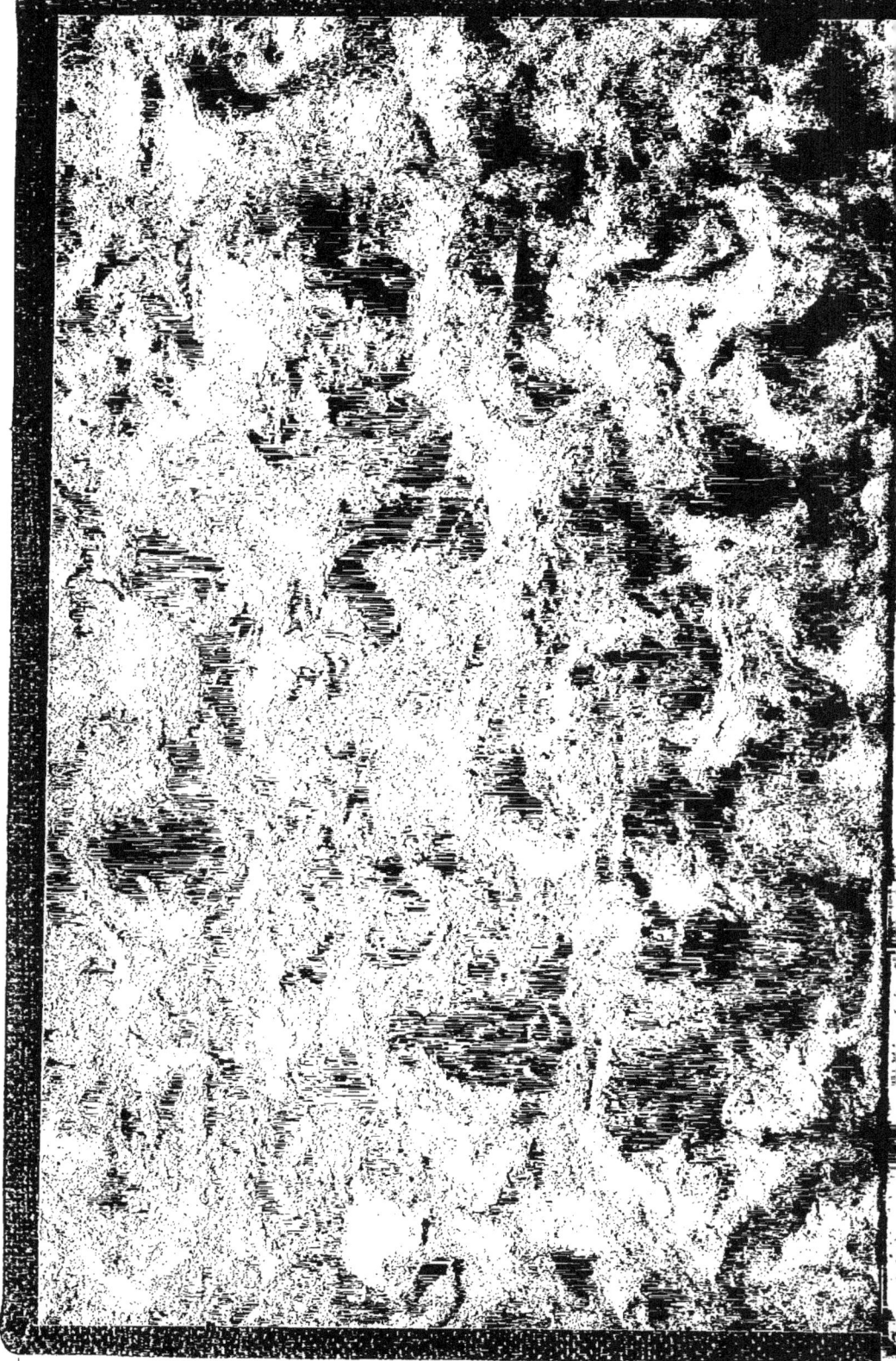

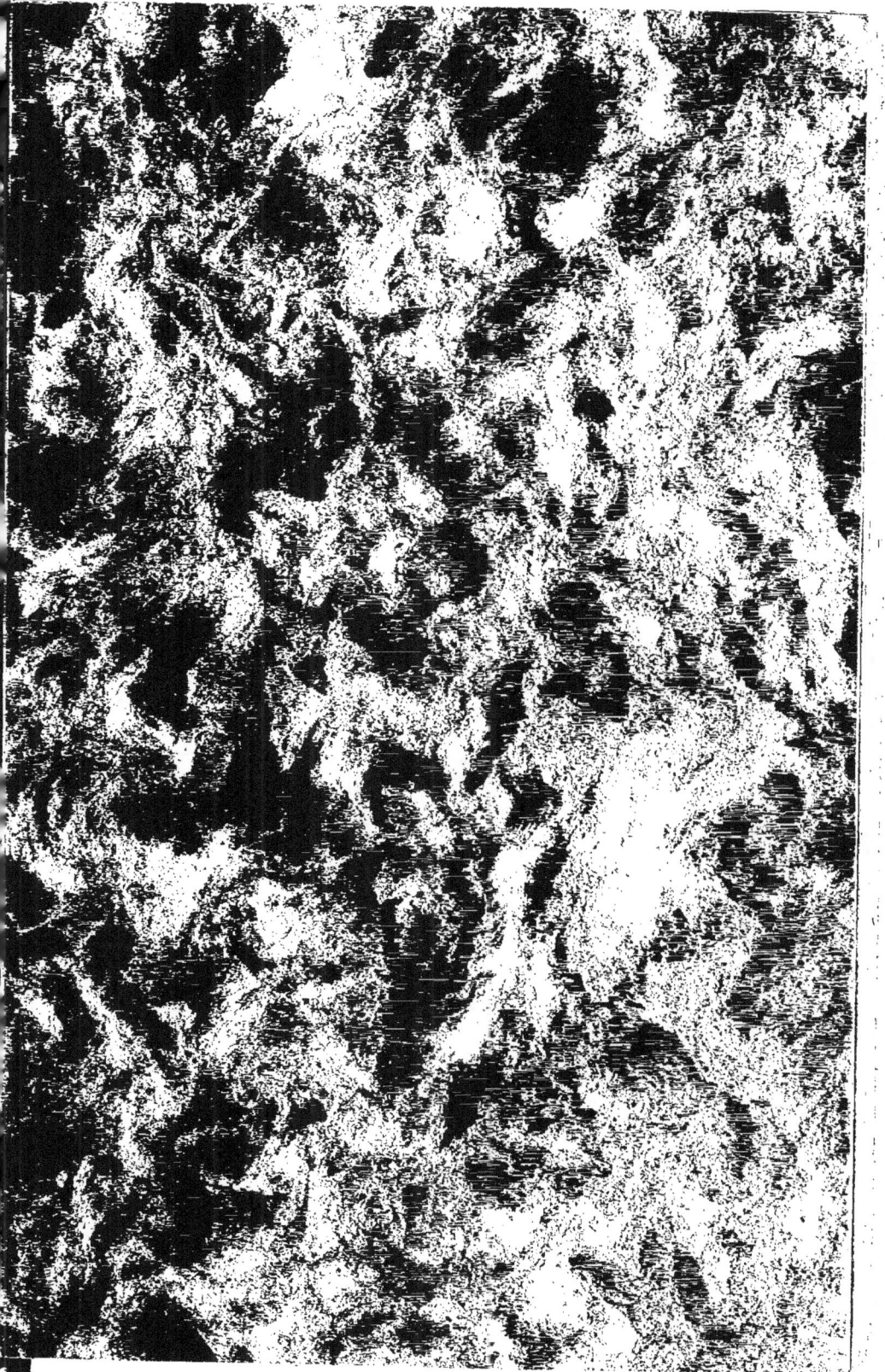

BIBLIOTHÈQUE DES ÉCOLES ET DES FAMILLES

J. GIRARDIN

CONTES SANS MALICE

PARIS
LIBRAIRIE HACHETTE ET Cie
79, BOULEVARD SAINT-GERMAIN, 79

CONTES
SANS MALICE

PARIS. — IMPRIMERIE ÉMILE MARTINET, RUE MIGNON, 2.

BIBLIOTHÈQUE

DES ÉCOLES ET DES FAMILLES

CONTES

SANS MALICE

PAR

J. GIRARDIN

PARIS

LIBRAIRIE HACHETTE ET Cⁱᴱ

79, BOULEVARD SAINT-GERMAIN, 79

1880

A

MON VIEIL AMI

M. THUILLIER

PRÉSIDENT HONORAIRE

EN SOUVENIR DE MA SINCÈRE AFFECTION ET DE MA PROFONDE
RECONNAISSANCE.

J. GIRARDIN.

CONTES SANS MALICE

ENTRE AMIS

Oh! que le bonhomme avait raison de dire :

Ni l'or ni la grandeur ne nous rendent heureux!

Phanor était le dernier né et aussi le plus beau de toute une famille de chiens.

Son maître, qui avait quelques obligations à un riche financier, crut ne pouvoir payer plus galamment sa dette qu'en faisant cadeau de Phanor à son protecteur.

Phanor fut aussitôt traité comme l'enfant de la maison. On lui servait sa pâtée, et quelle pâtée! dans un grand bol de porcelaine, tout brillant de dorures et de couleurs. Bien repu, il faisait la sieste, étendu sur un tapis de Smyrne. Il avait pleine licence de courir et de gambader comme un grand fou à travers les vastes jardins. Il se baignait, aux heures chaudes du jour, dans l'eau claire et fraîche des grands bassins de marbre.

Malgré tout cela, Phanor n'était pas aussi complètement heureux que le vulgaire l'eût pu croire.

Pour les chiens comme pour les hommes, il est bien vrai de dire que « toute grandeur a sa misère ».

Mais, par exemple, la réciproque n'est pas également vraie ; toute misère n'a pas sa grandeur.

La misère de Phanor, misère de toutes les heures et de tous les instants, était une de ces misères intimes que l'on rougit d'avouer tout haut ; je vous avouerai donc tout bas à l'oreille que Phanor avait des puces.

Parfois, au salon, pendant qu'on faisait de la musique, il prenait un air inquiet et troublé ; bientôt il disparaissait avec mystère sous la grande table. Là, dans l'ombre, il élevait une de ses pattes de derrière jusqu'à la hauteur de son oreille, et l'on entendait sur le parquet de grands battements sourds et réguliers. On eût pu croire que Phanor, devenu subitement mélomane, s'était mis à marquer le rhythme et à battre la mesure.

Un beau jour, le maître de Phanor fit l'emplette d'un singe qui avait été adoré comme dieu, autrefois, dans son pays, sous le nom mélodieux de Godokoûnkara. Le matelot qui l'avait attrapé dans son bosquet sacré, l'avait, sans ombre de respect, affublé du nom vulgaire de Jack.

Ce matelot l'avait vendu à un saltimbanque, qui en avait fait un singe savant et lui avait farci la tête d'une foule de citations fort agréables à débiter dans le monde.

Phanor trouva que Jack était une bien vilaine bête, en quoi il fit preuve de jugement et de goût. Il continua donc à mener sa vie de chien riche, entrecoupée d'accès de mélancolie, sans s'occuper du quadrumane, sinon pour se dire : « Décidément, il est

trop laid, il n'y aura jamais de sympathie entre
nous ! »

Si Jack eût connu sa pensée, il aurait pu lui dire
en français : Il ne faut jurer de rien ! et en grec (car
il savait le grec) : *To mellon estin aoraton.* « L'avenir
nous est caché. »

Du plus loin que Jack apercevait Phanor, il cherchait du coin de l'œil quelque meuble élevé où il pût
opérer sa retraite. Grinçant des dents, plissant la
peau de son front, gonflant ses bajoues et roulant des
yeux terribles, il sautait, au dernier moment, sur
quelque corniche.

Une fois là, il allongeait le cou pour mieux voir
passer Phanor, et trépignait d'impatience, car il était
partagé entre le désir de lui sauter sur le dos pour
faire un peu d'équitation et la crainte d'être étranglé
sur place.

Un jour que Phanor était dans un de ses accès de
mélancolie, Jack lui dit, du haut du grand buffet :

« Dites donc, mon gros, savez-vous que vous m'ins-
pirez le plus tendre intérêt, la pitié la plus vive.
Allez, allez, ne prenez pas un air si confus et si embarrassé. Je ne veux point vous contraindre à des
aveux pénibles. Je vous dirai tout en deux mots :
Je sais où le bât vous blesse ; car, comme dit cet
autre :

Haud ignara mali, miseris succurrere disco [1].

— Je n'entends point le chinois, répondit Phanor
d'une voix languissante ; seulement, je vois à votre air
que vous avez une âme compatissante. Je vous remercie donc de tout mon cœur.

1. J'ai connu le malheur, je sais y compatir.

— Je ne me bornerai point à de vaines paroles, reprit le dieu déchu ; et vous me voyez tout disposé à vous venir en aide.

— Vous, un dieu ! vous daigneriez...

— Pourquoi pas ? Apollon fut berger, et daigna, je suppose, compatir aux petites misères de ses moutons.

— Je ne connais, parmi les amis de mon maître, aucune personne du nom d'Apollon, répondit Phanor après avoir fait un prodigieux effort de mémoire. Tout ce que je sais, c'est qu'il est au-dessous d'un dieu...

— Je puis avoir mes préjugés, répondit Godokoûnkara avec une dignité pleine de condescendance ; en tous cas, je ne partage en aucune façon ceux de vos peuples de l'Occident. Dans mon pays, dans le beau pays du soleil... vous allez voir ! »

Lâchant alors un plumeau qu'il était en train de grignoter pour passer le temps, il sauta prestement sur une chaise et attira à lui la tête de son nouvel ami.

« Qu'est-ce que ces bêtes-là peuvent se dire à l'oreille, » marmotta le valet de chambre Baptiste, en entr'ouvrant la porte.

Baptiste venait de faire une petite causette à la cuisine ; il rentrait pour faire son ouvrage, mais sans se presser, en sifflotant, les deux mains dans la grande poche de son tablier.

« Oh ! » s'écria-t-il avec horreur, en apercevant tout à coup les tristes restes de son beau plumeau neuf. Et il ajouta aussitôt en montrant le poing au dieu déchu : « Vilain macaque, tu me le payeras ! »

Le vilain macaque jeta un coup d'œil rapide du côté du buffet, son château fort, et voyant que l'en-

IL ATTIRA A LUI LA TÊTE DE SON NOUVEL AMI

nemi lui avait coupé la retraite, sauta de sa chaise et alla se tapir derrière le gros Phanor.

Phanor se dressa vivement sur ses quatre pattes, montra toutes ses dents à l'infortuné Baptiste et fit entendre un grondement de sinistre présage.

Le dieu, subitement rassuré, allongea la tête et fit à Baptiste une grimace si diabolique, que le malheureux battit précipitamment en retraite.

Il ne se crut en sûreté que quand il eut donné à la porte un double tour de clef.

Depuis cette journée à jamais mémorable, le singe et le chien sont amis, mais là, ce qui s'appelle amis intimes.

Phanor, dans sa reconnaissance, rumine à toute heure du jour des pensées vagues que le dieu déchu formulerait ainsi :

On a souvent besoin d'un plus petit que soi.

Quant à Godokoûnkara, ayant fait de Phanor sa monture, son séide, son garde de corps, il brave la colère de Baptiste, les insidieuses attaques des chats et les défenses du jardinier, dont il dévaste impunément les plates-bandes et les espaliers. Bien souvent, d'un air grave et réfléchi, il se gratte la troisième côte. On se demande à quoi il pense. Il est en train d'arranger à son usage un vers bien connu :

L'amitié d'un *gros chien* est un bienfait des dieux!

LA SAINTE-CATHERINE

C'était le 25 novembre, jour de la *Sainte-Cathe-rine*. Madame Dubray avait invité toutes ses élèves à un grand bal. Quoique les cavaliers eussent été sévèrement exclus de cette réunion, l'absence de ces comparses sans importance n'ôtait rien à la gaieté et à l'animation du bal.

Dans l'intervalle des danses, il se formait des groupes où l'on riait beaucoup. Les « petites », sans vergogne, prenaient d'assaut les plateaux de rafraî-chissements. Les mamans cependant avaient bien recommandé la discrétion; mais quand on a huit ans à peine, quand on est animée par le plaisir, est-il possible de reconnaître bien nettement le point précis où commence l'indiscrétion?

Les « grandes », avec une dignité risible, cau-saient debout, dans les angles du salon, ou grave-ment assises sur les canapés.

Pendant un de ces intervalles de repos, une petite blondine de sept ans, dont les grandes semblaient raffoler, et qu'elles bourraient de friandises comme un bichon favori, s'échappa de l'un des groupes. Elle marcha aussitôt, d'un petit pas résolu, vers la sous-maîtresse qui remettait ses gants; car c'était elle qui avait joué le dernier quadrille.

« Où va-t-elle? et que va-t-elle dire à mademoiselle Léonie? » se demandèrent les grandes, qu'elle venait de quitter.

La petite Fanny, qui ne suivait pas encore les cours, avait été invitée parce que sa sœur était une des élèves de madame Dubray. C'était, dans toute la force du terme, ce que l'on appelle « un enfant terrible ». Sa curiosité était toujours en éveil, et bien souvent elle confondait les gens par ses questions. Elle tutoyait tout le monde.

Mademoiselle Léonie sourit en la voyant venir; elle se baissa, prit Fanny dans ses bras, et lui donna deux bons baisers, un sur chaque joue. « Que désire ma petite Nini? dit-elle d'une voix douce et caressante. Quelle question va-t-elle me faire? Allons, parle, mignonne. » Tout le monde les regardait.

Fanny, d'un petit geste assez brusque, renvoya en arrière les boucles qui lui tombaient sur les yeux; prenant ensuite à deux bras la sous-maîtresse par le cou, elle lui dit d'un ton câlin :

« Je voudrais voir sainte Catherine.

— Tu voudrais voir sainte Catherine? reprit mademoiselle Léonie avec surprise.

— Oui, dit la fillette.

— Mais, tu l'as vue déjà bien souvent, quand tu es venue avec ta maman chercher ta sœur. C'est cette gravure qui est dans un cadre, entre les deux fenêtres du 2e cours.

— Pas celle-là! s'écria la petite fille en faisant une moue d'impatience; l'autre, la vraie, la vivante.

— La vraie est au ciel avec le bon Dieu.

— Oh! reprit Fanny d'un air d'incrédulité. Alors,

ELLE LUI DONNA DEUX BONS BAISERS.

si elle est au ciel avec le bon Dieu, comment t'y prends-tu pour la coiffer? Je sais que tu la coiffes depuis plusieurs années; Laure le disait il y un instant; Laure est une grande demoiselle, elle sait bien ce qu'elle dit! »

« Oh! Laure! » murmurèrent plusieurs voix d'un ton de reproche; Laure baissa la tête et devint pourpre de confusion; madame Dubray prit un air sévère; Fanny parut tout étonnée. Quant à mademoiselle Léonie, elle commença par rougir un peu, puis elle partit d'un éclat de rire, bien sincère et bien franc.

« La vérité sort de la bouche des enfants! dit-elle en s'adressant au cercle qui l'entourait. Me voilà décidément vieille fille. C'est un fait reconnu, officiel; j'en dois prendre mon parti. »

« Mon bijou, dit-elle à Fanny, *coiffer sainte Catherine*, c'est une manière un peu moqueuse de dire qu'une personne a dépassé l'âge où l'on se marie d'ordinaire, sans avoir trouvé à se marier.

— Ah! » répondit Fanny d'un air pensif. Et elle parut s'absorber dans la profondeur de ses réflexions.

Cependant il s'était fait un grand silence, un de ces silences malencontreux qui s'emparent de toute une société quand quelqu'un a dit ou fait une sottise; un de ces silences enfin qui embarrassent tout le le monde et que personne n'a le courage de rompre.

« Blanche, dit enfin madame Dubray à une grande jeune fille myope, mettez vos lunettes, mon enfant, et jouez votre quadrille à quatre mains avec Félicie! »

Le charme était rompu; il y eut un grand brouhaha et un grand froufrou de jupes froissées, pendant que l'on se mettait en place pour la danse.

Fanny en profita pour dire à l'oreille de mademoiselle Léonie : « Mène-moi voir l'image de sainte Catherine.

— Quel caprice ! » s'écria la sous-maîtresse. Et tenant Fanny par la main, elle sortit.

« Je veux, dit Fanny brusquement, que tu te maries tout de suite, pour que les personnes méchantes ne se moquent pas de toi. »

Mademoiselle Léonie évita de répondre directement. « Toutes les demoiselles ne se marient pas, dit-elle.

— Pourquoi cela ? demanda Fanny en approchant son petit minois curieux de la figure de mademoiselle Léonie.

— Pourquoi ? pour bien des raisons. Il y a des demoiselles qui sont trop laides; d'autres ont un trop mauvais caractère; d'autres sont trop pauvres; d'autres ne veulent pas se marier.

— Je connais, dit Fanny qui avait son idée en tête, des dames très laides (sois tranquille, je ne nomme personne), et pourtant ces dames-là sont mariées; toi, tu es jolie. Je connais des dames très méchantes; toi, tu es complaisante et bonne. Peut-être que si tu ne te maries pas, c'est que tu n'as pas assez d'argent?

— Mettons que c'est cela, répondit la sous-maîtresse pour en finir.

— Si ce n'est que cela, sois tranquille, je t'en donnerai, moi, de l'argent. Si j'avais su, je n'aurais pas acheté ma grande poupée à ressorts et tu aurais pu te marier tout de suite. Songe donc, elle m'a coûté dix francs. Dès dimanche, je n'irai plus dans la voiture des chèvres aux Champs-Élysées, et en gardant l'argent, nous serons bien vite assez riches.

Tu ne me réponds rien; alors, c'est que tu ne veux pas te marier. Il fallait le dire tout de suite.

— Trésor chéri! dit avec une certaine émotion la jeune sous-maîtresse, j'entends qu'on ouvre la porte du salon; je suis sûre que l'on apporte les marrons glacés. Courons vite, de peur qu'on ne nous prenne notre part. »

Elles rentrèrent en courant dans la salle de bal.

L'enfant avait trouvé juste, en disant que si mademoiselle Léonie ne se mariait pas, c'est qu'elle ne voulait pas se marier.

Il existait par le monde un certain M. Blondel, employé au ministère des finances, qui n'aurait pas demandé mieux que de faire de mademoiselle Léonie madame Blondel. Mais mademoiselle Léonie lui avait répondu qu'elle se devait tout entière à sa mère qui était très âgée, et à sa sœur qui était infirme. Comme elle avait un cœur vaillant et une vue nette de son devoir, elle détourna courageusement ses regards de la perspective séduisante ouverte par l'offre de M. Blondel. Elle eut des regrets, qui lui en ferait un crime? mais elle n'eut pas de défaillances. Elle offrit son sacrifice à Dieu et entra dans sa voie d'un pas ferme et sûr. Elle vit que son lot était d'user sa jeunesse dans des travaux austères et dans des soins pénibles, et elle accepta son lot. Dieu la récompensa en lui accordant la résignation, qui peu à peu devint de la gaieté. Voilà comment mademoiselle Léonie en était venue à « coiffer sainte Catherine », et à en prendre gaiement son parti.

LA CHASSE AU PLANTAIN

NOUVELLE

I

Mon père venait de réaliser son rêve, qui était
d'habiter la campagne dans une maison à lui, avec
des arbres à lui, des fleurs et des gazons à lui. La
maison était jolie et confortable, bien située, à portée
du chemin de fer, de sorte que mon père pouvait
aller faire ses affaires à Paris après le déjeuner, et
revenir avant le dîner. Chaque fois qu'il revenait de
son bureau, il disait : « Décidément, Paris est inha-
bitable ; c'est à la campagne seulement que l'on res-
pire ; » et il respirait à pleins poumons.

Malheureusement, si la maison était jolie et confortable, le jardin n'existait guère encore que de
nom ; il fallait planter les arbres et semer le gazon.
Ce fut pendant de longs mois la joie de mon père que
de constater, le matin, de combien ses arbres avaient
crû depuis la veille et comme le gazon avait épaissi.

« L'agrément d'un jardin, disait-il en se frottant
les mains, c'est qu'il y a toujours du nouveau à
voir. » Il faut dire que mon père était très observateur, et que, par contraste avec la vie monotone et

renfermée du bureau, les moindres détails du jardin
le frappaient et lui causaient de véritables jouissances.

Moi qui n'étais pas observateur, et qui, dans mon
appréciation, m'en tenais à un coup d'œil général,
sans rien regarder de près, je trouvais que mon père
exagérait et qu'il n'y avait pas dans notre jardin autant de variété qu'il se l'imaginait. Les arbres étaient
toujours à la même place, de la même forme et de la
même taille que la veille; les massifs se bombaient
toujours de la même manière; le gazon avait toujours l'apparence d'un tapis plus ou moins vert sur
lequel, jusqu'à nouvel ordre, il était interdit de
marcher. Voilà ce que c'était pour moi que le jardin
paternel.

Lorsque de la fenêtre de ma chambre j'avais jeté,
en me levant, un coup d'œil général sur le jardin,
j'en avais tiré, en fait de plaisir, tout ce que j'en
pouvais attendre de toute la journée. Mes regards
franchissaient aussitôt les murs de clôture, et mes
pensées aussi, et mes désirs aussi. Dès que mon précepteur en avait fini avec moi, je m'enfuyais dans
les champs. C'est là qu'il y avait toujours du nouveau
pour moi, parce que je changeais d'un jour à l'autre
le but de mes courses et de mes vagabondages.

II

Vers le mois de juin, mon père parut tout préoc-
cupé. Aussitôt qu'il descendait du chemin de fer, en
attendant le dîner, il allait droit au gazon, prome-
nait çà et là sur le sol des regards soucieux, se baissait tout à coup, et arrachait avec mille précautions

une plante qu'il regardait d'un air vindicatif avant
de la jeter dans l'allée. Deux ou trois fois je ramassai
quelques-unes de ces plantes, et n'y trouvant rien
que de fort ordinaire, je les jetai avec indifférence,
et je n'y pensai plus.

Un soir, pendant le dîner, mon père se plaignit
amèrement de l'invasion du *plantain* dans son gazon;
il avait beau le surveiller de près, l'arracher brin à
brin et au fur et à mesure de la croissance, la plante
maudite pullulait avec une fécondité désespérante.
Il paraît qu'aux yeux des connaisseurs un gazon en-
vahi par le plantain est un gazon déshonoré, perdu.
Que dirait l'ami Hubert quand il verrait cela? Et puis,
d'où venait-il, ce plantain? Est-ce qu'il y avait, par
hasard, de la graine de plantain mêlée à la semence
de gazon? Dans ce cas-là, le marchand de graines
serait bien coupable. Peut-être les oiseaux l'avaient-
ils apporté? peut-être le vent? Qu'il vienne d'ici ou
de là, il y est.

Hélas! oui, il y était. Mon père s'était fait un certain idéal de gazon bien touffu, bien dru, bien égal,
uni, velouté. Et voilà ce maudit plantain qui se jetait
à la traverse !

Nous attendions, à la fin de la quinzaine, la visite
de la famille Hubert. Mon père, qui avait parlé de
son gazon avec la ferveur d'un propriétaire et la tendresse d'un créateur, ne pouvait supporter l'idée de
voir sa pelouse en butte aux railleries de M. Hubert,
critique sans indulgence en matière de jardinage.
Aussi ne se contentait-il plus de faire la chasse au
plantain à son retour de Paris. Le bruit courait,
parmi les domestiques, qu'il se levait à quatre heures
du matin pour aller expurger son gazon.

Au moment où il espérait que sa patience serait

enfin couronnée de succès, il fut appelé à Laval par
une affaire importante qui devait le retenir une huitaine de jours.

Jusqu'au dernier moment, il extirpa des pieds de
plantain, et quand il lui fallut partir, il prononça
cette parole dont je fus frappé : « Quel malheur ! dans
huit jours tout sera à recommencer ! »

III

Le lendemain matin, à quatre heures, je sautai
vivement à bas de mon lit, et je m'habillai à la hâte.
Je pris mes souliers à la main pour descendre l'escalier, et je m'assis sur une chaise rustique du vestibule pour les mettre. Comme les volets étaient encore fermés, le jour n'arrivait que par l'imposte. Le
soleil levant découpait les losanges de l'imposte, en
une vive lumière rosée, sur la paroi d'en face. La lumière, depuis l'endroit où elle traversait les vitres
jusqu'à celui où elle les découpait sur le mur comme
à l'emporte-pièce, traçait une grande barre brillante qui avait l'air de remuer, à cause des millions
de grains de poussière qui la traversaient en tous
sens. Par contraste, le reste du vestibule était plongé
dans une demi-obscurité. Les chapeaux et les man-
teaux accrochés aux patères, et les cannes et les para-
pluies debout dans le porte-parapluie avaient des
airs étranges et mystérieux. L'*Aralia Sieboldi*, dans
son pot de faïence, étendait vers moi ses feuilles, qui
ressemblaient à de grandes mains sèches. J'avais
presque peur, et le petit frisson qui me traversait le
dos ajoutait un charme de plus à l'expédition que
j'avais méditée et au mystère dont je l'avais enve-
loppée.

JE PRIS MES SOULIERS A LA MAIN.

J'eus beaucoup de peine à tirer les verrous et à
faire jouer la grosse clef dans la serrure. J'y parvins
cependant, et si jamais aventurier audacieux fut payé
de ses peines par la beauté du pays qu'il venait de
découvrir, il dut éprouver justement ce que je res-
sentis en mettant le pied sur le perron.

Était-ce vraiment notre jardin, cette sorte de paradis terrestre dont la vue m'éblouit au point de me
faire reculer d'étonnement? Il y avait comme une
buée lumineuse qui enveloppait tous les objets, et en
changeait l'aspect et les proportions. La première
sensation que j'éprouvai, et avec une intensité extraordinaire, ce fut une sensation à la fois étrange et délicieuse de fraîcheur, de calme, de repos. Les arbres
et jusqu'aux moindres arbustes étendaient de
grandes ombres au soleil levant. Le gazon était tout
rayé de bandes sombres et de bandes lumineuses.
Les bandes sombres laissaient bien loin derrière
elles les velours verts les plus précieux, tant la couleur en était profonde; les bandes lumineuses étin-
celaient de gouttes de rosée. C'était éblouissant et
pourtant doux à l'œil. Le jardin me parut trois fois
plus grand qu'à l'ordinaire. Quant au ciel, il était
d'une profondeur incalculable. J'étais paresseux par
nature, et jamais on n'avait pu me décider à sortir du
lit avant sept heures. Le lever du soleil était donc
quelque chose de tout nouveau pour moi, et quelque
chose de si inattendu que je restai longtemps immobile à surveiller les changements de couleur qui se
produisaient de minute en minute du côté de l'o-
rient.

Et les oiseaux! Je ne crois pas les calomnier en
affirmant qu'ils étaient absolument fous d'allégresse.
Ils inventaient certainement des notes et improvi-

saient des chansons pour la circonstance ; car jamais dans la journée je ne les entendis pousser de pareils cris de joie.

IV

Quand je fus un peu revenu de mon premier éblouissement, j'entrai dans le gazon, et je me mis en quête. Mon père était décidément un habile chasseur : pendant plus de dix minutes, j'eus beau chercher dans l'herbe, regarder devant moi, puis à ma droite, puis à ma gauche ; j'eus beau me mettre à quatre pattes pour voir de plus près, je n'aperçus pas l'ombre d'un pied de plantain.

Tout à coup, quelle surprise et quelle joie ! Là, tout à côté de la bordure de lobélias, il y avait un pied de plantain énorme, si énorme que je me demande encore comment il avait pu échapper aux regards vigilants de mon père. Je le saisis avec un sentiment de triomphe, et je tirai vivement à moi. A ma grande confusion, toutes les feuilles me restèrent dans la main ; la racine ne fut pas même ébranlée. Je saisis du bout des doigts la partie qui dépassait un peu le niveau du sol, et je tirai encore, sans ménager ni mes forces ni mes ongles. Tout fut inutile, et il me fallut recourir à l'artifice là où la force avait échoué. J'introduisis doucement un plantoir sous la racine rebelle, je fis de mon plantoir un levier, et je soulevai doucement la terre. Regardez de près un pied de plantain, et vous verrez que cette plante n'a pas de tige ; les feuilles sortent directement de la racine. La racine, elle-même, qui est dure, coriace, presque ligneuse, se subdivise en une foule de filaments par où la plante se nourrit et par où elle se cramponne

au sol. Un second pied de plantain tout petit attenait
à celui que je venais d'extirper ; sa racine et la queue
de ses feuilles à la base étaient d'un rose carminé.
Rose carminé ou non, je ne me laissai pas attendrir
par la jeunesse de cette mauvaise petite plante,
et je dis, avec un soupir de satisfaction : Coup double !

Malheureusement, le procédé que j'avais employé
avait un inconvénient grave, celui de détériorer le
terrain et de faire de grands trous dans le sol. Quel
est le gazon qui pourrait résister à un traitement
aussi violent ! Tout en réfléchissant sur ce sujet, je
mis ma double capture dans un petit panier dont je
m'étais muni, et je continuai mes recherches.

Comme je ne trouvais plus rien du côté droit, j'en
conclus que c'était le dernier que mon père eût visité,
et je passai du côté gauche. Là je fis une assez ample
moisson. C'étaient, en général, de tout petits plantains à peine visibles, que j'arrachais sans difficulté.
J'en retrouvai deux gros près du massif de silènes.
Instruit par l'expérience, je me gardai bien de les
saisir par les feuilles et de les tirer brusquement.
Emprisonnant le haut de la racine entre le pouce,
l'index et le médius, je donnai de petites saccades de
droite à gauche, puis de gauche à droite. Je sentis
avec joie que la plante s'ébranlait, que les radicelles
cédaient une à une, et je la tirai à moi sans l'ombre
d'une difficulté. Ce succès me donna un mouvement
d'orgueil.

V

Pendant la première heure, je ne fis autre chose
que dépister le plantain, l'arracher avec une adresse

croissante, et le déposer précieusement dans mon petit panier. Alors je commençai à ressentir dans la région du dos quelque chose qui ressemblait à une courbature. Par moments, je me redressais de toute ma hauteur, et je regardais tout autour de moi avec un plaisir infini ; car je sentais que ce que je faisais là était bien, et je me figurais par avance le plaisir de mon père quand il verrait que son cher gazon pourrait affronter les regards sévères de M. Hubert.

Pendant que je me tenais baissé, les yeux sur le sol, mon attention, d'abord concentrée sur le plantain, se mit à vagabonder à droite et a gauche. Je découvris, non sans surprise, qu'il y a bien d'autres insectes que les hannetons et les mouches ; j'admirai je ne sais combien de petites bêtes de toutes les couleurs qui vaquaient à leurs petites affaires ; je vis de près un perce-oreille, auquel je trouvai un air bonhomme, malgré ses formidables tenailles ; j'admirai la cuirasse éclatante d'un scarabée, et je m'intéressai vivement à la conversation de deux fourmis. Il y avait des bêtes de toutes les formes, de toutes les dimensions et de toutes les couleurs, que je n'avais jamais vues de ma vie : quelques-unes étaient si jolies, que je fus bien fâché de n'en pas connaître les noms, pour en parler à mon père et à ma mère ou à mon précepteur. J'eus bien d'autres surprises. Cette pièce de gazon, qui, à mes yeux distraits, n'avait contenu jusque-là que de l'herbe ou du plantain, nourrissait une quantité incroyable de plantes qui, dans leur petitesse infinie, me semblaient comparables aux plus belles plantes de serre.

En moi-même, je commençais à plaindre sérieusement les gens qui ne se lèvent pas à quatre heures du matin, qui ignorent toute leur vie que le soleil est si beau à son lever, et que le monde contient tant de merveilles, grandes ou petites.

VI

J'étais très affairé derrière un massif de lilas, lorsque j'entendis le bruit sec d'une persienne qu'on rabattait contre le mur. Ma mère apparut à la fenêtre de sa chambre, et se mit à regarder le ciel d'abord, ensuite le jardin. Je me fis tout petit, et je me cachai de mon mieux, non pas comme un malfaiteur qui craint d'être découvert, mais comme quelqu'un qui médite une surprise et qui craint, comme on dit, « d'éventer la mèche. » Je travaillai encore quelque temps derrière les massifs; puis, marquant avec soin la place où je m'étais arrêté, je me dirigeai du côté de la basse-cour pour vider mon panier.

Comme je passais devant la cuisine, ma mère, qui venait de donner quelques ordres, m'aperçut, et vint sur le seuil.

« Qu'as-tu là, dans ce panier?» me demanda-t-elle.

Je lui tendis le panier en rougissant. Elle m'embrassa, sans faire aucune observation sur le contenu de mon panier. Elle me dit seulement que si j'aimais à me promener dans la rosée, je ferais bien de mettre mes gros souliers. Et elle m'indiqua l'endroit où je les trouverais.

Quoiqu'elle ne m'eût adressé aucune question, ou plutôt parce qu'elle ne m'avait adressé aucune question, je la quittai persuadé qu'elle avait deviné mon secret.

Quand M. Leclair vint me donner ma leçon, à huit heures, je fus tout surpris d'avoir déjà fait tant de choses à une heure où d'habitude je songeais à

peine à sortir du lit. Il me semblait que la journée
était finie, et elle commençait seulement. J'étais un
peu fatigué et j'avais la tête un peu lourde ; néanmoins, je me tirai d'affaire sans avoir mérité l'ombre d'un reproche.

M. Leclair, une fois la leçon terminée, restait volontiers pour causer un peu et pour faire un tour de
jardin. Il paraît que je lui parlai avec enthousiasme
de toutes ces petites plantes qui ont des feuilles si
menues, si délicates, si élégantes, et, pour la première fois de ma vie, j'éprouvai et je témoignai le
regret de ne savoir pas dessiner.

« Qu'à cela ne tienne, » me dit cet excellent homme.
Et il m'indiqua un procédé très simple pour prendre
l'empreinte des feuilles avec du *minium* ou avec du
noir de fumée.

VII

François devait aller le lendemain à Paris pour faire
des commissions. Je lui donnai mes instructions d'a-
vance et à plusieurs reprises (la première fois dans
la salle à manger, et la dernière dans le poulailler,
où il me témoigna une certaine impatience, étant occupé à mettre des mitaines de laine à une poule
pour l'empêcher de gratter la terre). J'aurais donc
mon *minium* le lendemain.

Mais demain c'était bien loin ; et c'était si tentant
d'avoir sur de belles pages de papier blanc les empreintes de toutes sortes de feuilles ! Quand il y en
aurait beaucoup, beaucoup, je ferais un cahier, et
quand j'aurais plusieurs cahiers, mon père ne de-
manderait pas mieux que de les faire relier en un
seul.

Pour me faire la main, et aussi pour donner le change à mon impatience qui était extrême, je résolus de procéder par le *noir de fumée*. J'allai, d'un air mystérieux, emprunter à la cuisine une assiette de rebut et une chandelle, et je m'enfermai dans ma chambre aussi hermétiquement qu'un alchimiste ou un faux monnayeur.

Avec un tremblement de joie, j'allumai la chandelle. C'est une action bien simple et bien banale que d'allumer une chandelle; mais dans la circonstance présente c'était le commencement d'une série d'expériences qui devait aboutir au fameux volume relié dont je ruminais déjà le titre. Ce titre, naturellement, serait en lettres d'or, et au-dessous, séparé par un filet doré, il y aurait mon nom, en lettres d'or aussi.

La chandelle allumée, je présentai l'assiette audessus de la flamme, jusqu'à ce que la surface fût couverte d'une couche épaisse d'un beau noir mat. Suivant les instructions de M. Leclair, je pris une feuille, choisie entre toutes (si fine, si nette de dessin, si franchement découpée!). C'était la feuille d'une petite plante fort élégante, qui avait la physionomie d'un géranium microscopique. Je l'étalai soigneusement sur l'assiette, et tout doucement je la frottai avec l'ongle de mon pouce, afin que la face intérieure se chargeât bien également de noir de fumée. Puis je la plaçai, en retenant mon souffle, sur ma page blanche; j'étendis par-dessus une feuille de papier, et j'appuyai en tamponnant.

L'épreuve que j'obtins du premier coup était fine, nette; pas une nervure ne manquait; on aurait dit une véritable gravure.

Alors je perdis complètement la tête, et, sans même

prendre le temps d'éteindre la chandelle, je dégringo-
lai l'escalier, ma page imprimée à la main, et chantant des chansons aussi folles que celles des petits oiseaux au soleil levant. Je ne commençai à me calmer
que quand tout le monde eut admiré la merveille.

Justement, la journée était chaude et orageuse;
sans la bienheureuse invention, je n'aurais su comment passer mon après-midi. Quelle après-midi!
Que les anciens avaient donc raison de représenter
le Temps avec des ailes!

Gutenberg inventant l'imprimerie, Finiguerra la
gravure, Senefelder la lithographie, ont-ils éprouvé
une joie pareille à la mienne? je veux bien le croire,
mais j'en doute un peu.

VIII

Le lendemain et les jours suivants, je continuai ma
chasse au plantain, avec des alternatives d'enthousiasme et de découragement. Je reprenais chaque fois
mon ouvrage au point où je l'avais laissé la veille.
En retrouvant parfois la plante maudite aux endroits
que j'avais si soigneusement nettoyés les jours précédents, je songeai à la vieille histoire de l'homme qui
va se faire raser, et dont la barbe repousse d'un côté
pendant qu'on la coupe de l'autre. Les plantains, cependant, devenaient de plus en plus rares et clair-
semés. Ils soutenaient encore la lutte, mais une lutte
inégale, au bout de laquelle j'entrevoyais leur dé-
faite et mon triomphe.

Tout en poursuivant l'ennemi de mon père et le
mien, je remarquais les plantes dont je n'avais pas
encore reproduit l'empreinte; je les cueillais, et je les
mettais à part, dans une petite boîte de fer-blanc,

pour ma récréation de l'après-midi. Mon coup d'œil
se formait ; je devenais observateur sans m'en douter,
je découvrais au milieu du fouillis le plus épais les
plantes nouvelles ; je notais des différences, je distin-
guais des variétés : aussi je ne fus pas longtemps
sans m'apercevoir qu'il y a différentes espèces de
plantain. Il y en a une, notamment, dont les feuilles
s'étendent à plat sur le sol, et s'y attachent et s'y étalent comme certains nœuds de cravate s'attachent et
s'étalent sur certains cols. Je me le désignais à moi-
même par le nom peu scientifique de *plantain
nœud de cravate*. Il semblait avoir un appareil d'im-
plantation et de résistance plus énergique que les
autres. Dans tous les cas, c'est celui que j'attaquais
avec le plus de férocité. L'espèce la plus répandue
avait des feuilles plus libres, plus allongées ; je l'appelai *plantain langue de chat*. Les savants l'appellent
Plantago lanceolata, et l'autre *Plantago media*.

IX

Dès que je fus en possession de mon *minium*, je
commençai sérieusement ce que j'appelais avec quelque emphase ma *Collection de feuilles*. Les épreuves
tirées au *minium* ont pour l'œil l'aspect flatteur des
dessins à la sanguine.

Dans mes premières « éditions », j'entassais sur
une même page autant de feuilles qu'il en pouvait tenir. Cela présentait l'aspect des feuilles de soldats d'É-
pinal.

J'eus bientôt des doutes sur la valeur esthétique
de mes premières compositions, et je commençai à
mettre un plus grand intervalle entre les empreintes.
L'aspect général était celui d'une collection de

timbres-poste soigneusement tenue. Je mis encore plus d'intervalle, et j'arrivai à l'effet que produisent les gravures à grandes marges. Comme je regardais avec complaisance ce qui me semblait le dernier mot de l'art graphique, il me vint à l'idée que l'effet serait plus agréable si j'inscrivais en belles lettres imprimées le nom de chaque plante au bas du spécimen.

Mais, sauf quelques feuilles connues de tout le monde, comme celles du lilas, du sureau, du sorbier, je ne savais le nom d'aucune autre. L'amour de la symétrie l'emporta en moi sur l'amour de la vérité scientifique (imagination, voilà bien de tes tours!); j'inventai des noms, ou plutôt je les puisai au hasard dans mon dictionnaire latin-français ou dans mes souvenirs. Il y eut donc dans mon herbier la plante *centurio*, et la plante *itaque*, et la plante *girgillus*, et la plante *averrunco*, que je soupçonne fort, si mes souvenirs ne me trompent pas, d'avoir été la *bourrache*. A plante velue, nom bourru, c'est trop juste. Encore faut-il remarquer que *averrunco* est un verbe. Mais dans ma rage de tout nommer je ne reculais pas devant de si faibles obstacles. Mon système de classification ne valait pas celui de Linné, car je classais tout simplement mes feuilles par ordre de grandeur. C'était encore le démon de la symétrie qui me poussait.

X

Je venais justement de calligraphier le nom de la plante *averrunco*, lorsqu'il y eut un bruit de pas dans le vestibule, et j'entendis la voix de mon père. Il avait avancé son retour de quelques heures. Je ne fis qu'un bond du haut en bas de l'escalier, d'abord parce que j'aimais beaucoup mon père et que j'étais très heureux de le revoir, ensuite parce que je tenais à être là quand il irait voir le gazon.

On aurait dit qu'il lisait dans ma pensée, ou plutôt j'ai supposé depuis que ma mère lui avait tout écrit, en lui recommandant bien de tomber dans l'étonnement le plus profond.

« Je voudrais voir où en est ce gazon, » dit-il, en prenant tout à coup un air soucieux.

Il donna le bras à ma mère, et moi je les suivis dans une véritable fièvre d'impatience.

Mon père s'arrêta comme frappé de stupeur; il ôta ses lunettes, il les frotta avec son mouchoir, il les remit.

« Est-ce possible! dit-il enfin. Quoi! pas un seul pied de plantain! Voilà qui est trop fort. Il n'y en a réellement pas un seul. Cela tient du prodige. Ma bonne amie, tu as donc fait venir trois ou quatre jardiniers? »

Ma mère souriait.

« Non, dit-elle; cherche bien qui a pu faire cela. »

Alors il se tourna de mon côté, et, me regardant par-dessus ses lunettes, en levant ses sourcils très haut :

« Aide-moi à trouver, me dit-il.

— C'est moi! c'est moi! m'écriai-je en battant des mains. C'était pour te faire une surprise.

— La surprise est complète, me dit-il. Et il m'enleva dans ses bras. — Tu es un brave petit homme. »

Cette parole, dite avec l'accent qu'il y mettait, m'alla droit au cœur. Quelques jours avant le départ de mon père, j'avais donné lieu de croire, dans une certaine circonstance, que j'étais égoïste ou tout au moins personnel. Mon père avait été obligé de me dire d'un ton sévère :

C'EST MOI! M'ÉCRIAI-JE.

« Je vois avec peine que ce petit garçon ne se dé-
range pas volontiers pour les autres. »

XI

La famille Hubert arriva le lendemain. M. Hubert
fit tout le tour du jardin, les mains sous le pans de sa
redingote et sans dire un mot. Mon père le suivait
avec inquiétude, et moi je suivais mon père en compagnie de mon camarade Louis Hubert. Il dut,
contre l'ordinaire, me trouver quelque peu taciturne
et distrait.

Quand le grand juge eut pris connaissance de la
cause, il s'assit sur un des bancs et rendit cet arrêt :

« Les arbres, vous le savez, mon bon ami, laissent
beaucoup à désirer. Vous me direz à cela qu'on n'im-
provise pas des arbres, et je serai forcé de convenir
que vous avez raison. Trop de fenouil dans le fond et
pas assez de roseaux au bord du bassin. Quant au
gazon (ici il fit claquer sa langue comme un gourmet
satisfait), c'est un gazon bien tenu, il n'y a pas à dire
le contraire. »

C'était tout ce que je voulais savoir. L'arrêt une
fois rendu, je pris Louis par la main, et je l'entraînai
dans ma chambre pour lui montrer mes *œuvres* com-
plètes. Il fut saisi d'admiration, et je crois qu'en son
for intérieur il n'était pas très éloigné de me consi-
dérer comme un personnage remarquable. A table,
il parla de mes « gravures » avec un tel enthousiasme
que son père me pria de les aller chercher.

C'était ce que je redoutais. Comme typographe, je
n'éprouvais aucune inquiétude ; comme naturaliste,

ma classification allait me couvrir de honte. Je m'exé-
cutai cependant.

XII

M. Hubert commença par regarder les empreintes,
et se rendit compte tout de suite du procédé, qu'il
trouva ingénieux. Il loua même avec beaucoup de
bonhomie l'ordonnance et la disposition de mes
feuilles, et déclara que j'avais réellement fait preuve
de goût. Mais quand il arriva aux inscriptions, l'idée
lui parut si bouffonne, qu'il fut obligé à deux reprises
de se cacher la figure dans sa serviette pour pouvoir
rire tout à son aise.

« Le *plantain nœud de cravate* n'est pas mal trouvé,
dit-il aussitôt qu'il eut repris haleine ; *le plantain
langue de chat* n'est pas mal non plus. Mais voilà les
grands mots, les mots savants. Oh ! pourquoi appeler
centurio cette pauvre petite alsine, et *averrunco* cette
innocente bourrache ? Pourquoi n'y mettre pas les
vrais noms ?

— Parce que je ne les sais pas, lui répondis-je,
tout rouge de confusion.

— Il faut les apprendre. Il y a des livres pour cela, des
livres bien faits, faciles à comprendre. Puisque tu as
le goût des plantes, c'est bien le moins que tu ap-
prennes à les connaître. C'est une disposition à culti-
ver, dit-il en s'adressant à mon père. Heureux, ma
foi, les gens qui ont du goût pour quelque chose, qui
savent regarder au-dessus d'eux, ou autour d'eux,
ou même à leurs pieds ! Ils ont des jouissances que
les autres ignorent, et ils ne connaissent jamais l'ennui. » Il ajouta beaucoup d'autres choses que je ne

compris pas toutes, et termina par une anecdote qui me frappa.

XIII

Pendant dix ans, un de ses amis qui habitait sur la rive gauche de la Seine, et qui avait ses occupations sur la rive droite, passa deux fois par jour près du Louvre sans regarder la colonnade. Il est probable que les premières fois qu'il l'avait vue, son esprit était occupé d'autre chose, ce qui l'empêcha d'y prêter attention. Ayant pris ensuite l'habitude de la voir sans la regarder, il aurait pu passer par là pendant cent ans sans se douter qu'elle fût belle. Un jour, une perruche, appartenant à l'un des concierges du Louvre s'était échappée et avait cherché un refuge sur le chapiteau de l'une des colonnes.

Il y avait là un rassemblement de gens qui tous regardaient en l'air. L'ami de M. Hubert fit comme les autres; et en cherchant des yeux la perruche, cause du rassemblement, il s'avisa que ce chapiteau était un chef-d'œuvre, et aussi la colonne, et la colonnade dont elle fait partie. Depuis, chaque fois qu'il passa par là, il ne manqua pas de s'y arrêter; il fit des recherches, des comparaisons et de véritables études. Il y avait en lui un architecte qui ne demandait qu'à paraître; il devint, non pas architecte, mais amateur d'architecture, et amateur plein de goût et de curiosité. C'est un homme heureux, qui n'a jamais un instant d'ennui, et qui trouve toujours la journée trop courte.

XIV

Cette histoire me frappa alors ; elle m'a bien plus
frappé depuis. Maintenant que je suis plus avancé
dans la vie, et que je vois ce qui se passe en ce bas
monde, je suis de l'avis de M. Hubert. En général,
nous n'avons pas assez l'habitude de regarder autour
de nous. Un objet que l'on voit sans le regarder peut
sembler éternellement banal. Il suffirait quelquefois
d'y consacrer cinq minutes d'attention pour commencer à y prendre intérêt. C'est ainsi que le jardin
de mes parents, pendant longtemps, ne m'avait inspiré aucune espèce d'intérêt, parce que j'avais l'habitude de le voir tous les jours sans jamais le regarder. Du jour où je commençai ma chasse au plantain,
j'y découvris, pour ainsi dire, un monde nouveau.
Je dois à la bienveillance et à la bonté de M. Hubert
d'avoir poussé plus loin mon voyage de découvertes.
Il ne s'en tint pas, en effet, à de simples conseils,
mais il prit la peine de m'enseigner les éléments de
la botanique. Une fois lancé dans cette voie, j'y ai
trouvé tant de plaisirs, des distractions si réelles et
des jouissances si pures, que j'ai continué avec ardeur. L'ami de M. Hubert était devenu architecte
amateur pour avoir aperçu la perruche d'un portier
sur le tailloir d'un chapiteau. Je suis devenu grand
amateur de levers de soleil et botaniste convaincu
pour m'être lancé à corps perdu, et sans aucune vue
intéressée, dans la chasse au plantain.

LE PERMIS DE SÉJOUR

I

Herr Paff, grand-juge de la principauté de Münch-hausen, suait sang et eau pour tâcher de voir clair dans la cause « Kob contre Hauptmann ».

Voici la cause de ce procès : Le suisse de la paroisse avait été insulté, étant porteur de son costume galonné, dans l'exercice de ses fonctions, par un monsieur irascible qui l'avait pris, disait-il, pour un arracheur de dents. Le savetier du coin et le conducteur d'une diligence, seuls témoins de l'affaire, s'accordaient à dire que le monsieur avait adressé la parole au suisse, mais ils ne pouvaient préciser les termes dont il s'était servi.

A l'aide de ses lumières naturelles, le juge se fût peut-être tiré d'affaire, mais il avait fallu consulter l'énorme fatras des lois qui régissaient la matière. Ce fut un premier pas dans les ténèbres. Il fallut ensuite feuilleter le registre qui contenait les décisions des prédécesseurs du grand-juge, et elles se contredisaient toutes.

La cause, remise de huitaine en huitaine, pour

plus amples informations, s'était encombrée d'une
foule de paperasses inutiles : il y en avait plein un
gros sac bleu.

Pour comble de malheur, le suisse ayant pris sa
retraite pour aller demeurer dans un pays éloigné,
et le monsieur irascible s'étant mis à voyager pour se
distraire, chacun d'eux donna pleins pouvoirs à un
homme de loi pour le représenter.

Les deux avocats, une fois introduits dans la cause,
s'y cantonnèrent confortablement, comme deux
souris dans un fromage de Munster, avec un ferme
propos de grignoter le fromage jusqu'à la croûte.

L'affaire entra dès lors dans la période qu'un vieux
clerc facétieux appelait la *période de la bouteille à
l'encre.*

II

Ce jour-là le légiste Walter, représentant du
monsieur irascible, avait trouvé un argument nouveau. Le juge l'écoutait de son mieux. les lunettes
sur le front et le poing appuyé sur le papier où le
verbeux Walter avait couché par écrit ses conclu-
sions. Le secrétaire du grand-juge taillait sa plume
avec résignation, et le vieux clerc à lunettes, dont la
science et l'érudition étaient d'un grand secours au
juge dans les moments difficiles, comparait le titre
1527 de la loi sur les offenses à la paix publique avec
une remarquable décision du juge précédent. C'é-
tait sur ces deux documents que s'appuyaient cette
fois les dires et arguments de Walter.

Le légiste Kremp, le représentant du suisse of-

fensé, écoutait son confrère avec un sourire narquois.
Il avait sa réplique toute prête ; sa seule crainte était
d'arriver en retard pour le dîner et de trouver son
plat de choucroûte refroidi ; il tenait sa montre dans
la paume de sa main droite, et de minute en minute
consultait le cadran.

Tout à coup, la plaidoirie monotone du légiste
Walter fut interrompue par une vive discussion
entre l'huissier qui venait d'entre-bâiller la porte et
plusieurs personnes invisibles.

L'huissier fut poussé de côté, et l'on vit entrer dans
le prétoire un personnage d'apparence bizarre. Tout
en prodiguant les saluts et les révérences, ce personnage avait un air assuré et hardi. Il portait sur
le dos un tambour et menait en laisse un ours muselé qui servait de monture à un singe coiffé d'un
chapeau à plumes et accoutré d'un costume de fantaisie. Un second ours s'était introduit à la suite du
premier, en toute liberté.

L'homme était suivi d'un grand vieillard, qui avait
dû jouer dans son temps les rôles de *père noble* sur
les théâtres de province, avant de dégringoler jusqu'à la condition de saltimbanque. Il portait une
grosse guitare et un chien endormi. Il avait soulevé
avec un geste théâtral un chapeau jadis blanc qui
avait vu de meilleurs jours, mais il y avait de cela bien
longtemps.

Pendant que ces deux personnages prodiguaient
les saluts et s'efforçaient de prendre des airs de ci-
toyens respectables, le reste de la bande s'amusait
aux dépens de l'huissier.

« Jeune homme, dit à ce vieillard vénérable une
femme en costume de danseuse espagnole, si vous
n'y prenez garde, les yeux vous sortiront de la tête !

On dirait que vous n'avez jamais vu de dame espagnole en costume national. »

Un jeune drôle en bonnet de fourrure empêchait l'important fonctionnaire de remplir son emploi et de fermer la porte, en lui soutenant qu'on attendait encore une partie importante de la troupe.

« C'est pourtant bien assez de deux ours, d'un singe et d'un chien, sans vous compter vous autres, dit l'huissier, en tenant avec défiance la porte entrebâillée.

— Il y a encore deux crocodiles et un serpent à sonnettes, » répliqua le drôle au bonnet de fourrure.

L'huissier referma brusquement la porte d'un air épouvanté.

L'avocat Kremp semblait avoir attiré particulièrement l'attention des deux ours. L'ours gris, l'ours au singe, en personnage malappris, détournait la tête au moment même où son maître lui faisait l'honneur de le présenter au magistrat. Il regardait avec une attention inquiétante les grandes bottes de l'avocat Kremp.

L'ours brun, dans une pose plus que familière, avait fixé ses petits yeux gris clignotants tout au fond du chapeau de maître Kremp, comme s'il tenait absolument à connaître l'adresse de son chapelier.

III

« Quelles sont ces gens-là? dit le magistrat en détournant la tête du côté des intrus. Qui les a arrêtés? de quoi les accuse-t-on?

— Notre divin Schiller, dit l'homme au tambour, a pensé avec raison.....

— Laissons là notre divin Schiller, répondit le magistrat avec un mouvement d'impatience. En somme, qui êtes-vous et que voulez-vous ?

— Nous sommes d'honnêtes saltimbanques, pour vous servir, et nous venons demander à Votre Honneur la permission de séjourner ici pendant la durée des courses. Chacun ici-bas, comme l'a fort bien dit le divin Schiller... »

Le secrétaire, se penchant à l'oreille du juge, lui dit que c'étaient peut-être ces gens-là qui la semaine précédente avaient tordu le cou aux pintades du fermier Pippermann.

Le vieux clerc, de son côté, dit qu'avant de leur accorder l'autorisation demandée, il faudrait consulter le volume des lois sur le vagabondage et le régistre des décisions des juges précédents.

Pendant ce temps-là, l'homme au tambour continuait son discours, mettant sur le compte de Schiller toutes les idées saugrenues qui lui passaient par la tête. Il y avait de la gaieté dans son langage et même de l'esprit.

Le juge, à la grande surprise de l'assistance, interrogea l'orateur de la troupe sans le rudoyer et sans lui reprocher, ne fût-ce que pour le bon exemple, le métier qu'il faisait.

S'étant assuré que la troupe venait de loin, et n'avait rien à voir avec les pintades du fermier Pippermann, il dit au petit expéditionnaire de préparer en la forme ordinaire le permis de séjour.

« La police aura l'œil sur eux, » dit-il à son secrétaire, comme pour s'excuser d'être à la fois si indulgent et si expéditif ; et il répéta tout haut, à l'adresse de la bande :

« La police aura l'œil sur vous ! »

Le secrétaire parut surpris de l'indulgence du magistrat ; quant aux saltimbanques, ils eurent l'air de trouver la menace toute naturelle : on la leur adressait si souvent !

I V

Reste à savoir pourquoi le juge avait été à la fois si indulgent et si expéditif.

Il pensait bien que les saltimbanques n'étaient point la crème de la bonne société. Cependant ils n'avaient pas ce qu'on peut appeler de mauvaises figures, et d'ailleurs on avait la ressource de les faire surveiller de près.

Après tout, ils gagnaient leur vie à la sueur de leur front, au lieu de mendier et de voler, comme tant d'autres. Peut-être le juge les eût-il réduits à ces tristes expédients, s'il les avait expulsés de la principauté en leur conseillant d'aller se faire pendre ailleurs.

Herr Paff, qui était un homme juste et sensé, savait que le peuple qui travaille dur et ferme a besoin de divertissements. Il est bien vrai que ceux-là étaient d'un ordre inférieur et d'une nature grossière ; mais le public des courses s'en contentait, et en attendant qu'on eût réformé le goût des basses classes, il était prudent de ne pas les priver de leurs distractions favorites. Le magistrat, s'étant fait expliquer le programme des exercices de la troupe, constata qu'ils n'avaient rien d'immoral ni de dangereux ; c'était déjà beaucoup.

D'ailleurs, il avait souvent remarqué, pendant les grandes réjouissances des courses annuelles de la principauté, que les baraques des saltimbanques et

L'HOMME BIZARRE JONGLAIT AVEC DES POIGNARDS.

les spectacles forains faisaient une heureuse concurrence aux débits de schnik et de liqueurs fortes.

Ayant donc reconnu qu'il était juste et naturel d'accorder le permis de séjour qu'on lui demandait, il pensa que le mieux était de l'accorder tout de suite.

Le vieux clerc aurait désiré de la part du magistrat plus de lenteurs, de formalités et de solennité. Mais justement le juge était excédé, au delà de toute expression, de la solennité, des formalités et des lenteurs de l'« affaire Kob contre Hauptmann ».

Ayant donc expédié lestement la caravane, il écouta avec un peu plus de résignation la fin des explications de Kremp et la réponse de Walter, et remit, comme tout le monde y comptait bien, l'affaire à huitaine.

Le soir, après son dîner, il se mit à sourire en fumant sa grande pipe. On entendait sur la place, en face du château, les enfants du village qui poussaient de formidables *hurrahs* et de bruyants cris de joie. Ces hurrahs et ces cris de joie étaient excités par les plaisanteries de l'homme bizarre qui jonglait avec des poignards, tout en tenant une assiette en équilibre à la pointe d'un bâton appuyé sur le bout de son nez.

« Cela me fait du bien de les entendre rire de si bon cœur, » dit le brave homme en se frottant les mains; et en songeant à l'affaire Kob contre Hauptmann qui lui dévorait sans résultat la moitié de ses audiences, et il ajouta : « Au moins, cette fois, je n'ai pas absolument perdu ma journée! »

Il avait raison, on n'a jamais perdu sa journée quand on a contribué pour sa part à faire pénétrer dans une âme humaine un peu de gaieté et de lumière.

UN ACCÈS DE GOUTTE

Oh ! quelle différence entre un meunier bien portant et le même meunier perclus de rhumatismes ! Le maître Renoire, du moulin de Cornevache, en son état ordinaire, était un bon vivant, bien dodu, bien réjoui, qui se serait fait scrupule de manquer une occasion de rire, de dire un bon mot, ou de prendre sa part d'une bonne mystification. Pas l'ombre de fiel ou de rancune, de méchanceté encore moins; indulgent pour les autres, pas trop dur pour lui-même : voilà ce que c'était que le maître Renoire, du moulin de Cornevache.

Ce n'est pas lui qui aurait laissé passer une fête sans la chômer, et sans la faire chômer aux siens et à ses domestiques; ce n'est pas lui qui aurait rencontré un ami sans lui donner une bonne tape sur l'épaule en manière de bienvenue, une femme ou une fille sans lui faire un compliment honnête, un chien sans lui demander de ses nouvelles, ou un chat sans lui faire des avances.

Mais la goutte lui était venue, les uns disent des cabarets où il s'attablait très volontiers, les autres

de feu son père, qui de son vivant s'appelait Renoire-
Tonneau, vu son embonpoint. Que ce soit d'ici ou de
là la goutte était venue, et le bonhomme était tout
changé, depuis la houppette de son bonnet jusqu'à
la semelle de ses gros chaussons de lisière. Oui, son
bonnet de coton lui-même se conforme à sa triste
pensée.

Débonnaire en des temps plus heureux, jovial et
posé crânement sur l'oreille, il est devenu morose
et grognon depuis que le malade l'a tiré violemment
sur sa nuque comme pour s'y ensevelir tout vivant.
A peine entrevoit-on de chaque côté les lobes de deux
oreilles rouges, traversées d'anneaux d'or. L'œil du
meunier étincelle, ses favoris se hérissent, et les gens
qui passent, le voyant immobile à la fenêtre ouverte,
se disent tout bas l'un à l'autre : « Le maître Renoire
a sa goutte, il n'a pas l'air commode. »

Il n'a pas l'air commode ! je le crois bien. Si vous
autres, bonnes gens, qui ne faites que passer devant
le moulin, vous hâtez le pas, vous vous taisez, vous
vous faites tout petits, pour esquiver quelque apos-
trophe véhémente, croyez-vous que la vie ne soit pas
un vrai fardeau pour tous les habitants du moulin,
bêtes et gens ?

Demandez plutôt à Piédeleu, son gendre et son
associé ; demandez à Rosalie, femme Piédeleu, sa fille
aînée ; demandez à Hortense, sa seconde fille ; demandez à Louison, sa petite fille ; demandez au chat
roux ; demandez au chat blanc !

Piédeleu, même la mouture faite, même à ses moments de loisir, ne peut plus fumer une bonne pipe
sous les saules, en regardant la rivière qui passe et
les araignées d'eau qui l'égratignent de leurs pattes
menues ; il ne peut plus jeter l'épervier devant les

vannes, ni pêcher aux goujons derrière le déversoir,
ni causer avec le corbeau qui se démène dans sa
grossière cage d'osier, ni faire la conduite à un ami,
sans qu'une voix irritée partant des régions supé-
rieures ne lui crie par la fenêtre ouverte : « Piédeleu !
paresseux ! au moulin ! »

L'infortuné Piédeleu s'esquive en rasant la mu-
raille, et répond humblement : « On y va ! » Puis il se
met à grommeler entre ses dents : « Faut-il qu'un si
brave homme soit devenu enragé ! Dire qu'on ne peut
pas se reposer une minute, quand on a travaillé
comme un satyre ! »

Piédeleu a attrapé ce mot savant à la dernière foire
de Vendôme, devant une baraque de saltimbanques.
Il l'a trouvé beau, distingué, ronflant, et l'emploie à
tout propos sans se douter combien est grotesque
l'association de ces deux idées, d'une part un farinier
mélancolique accablé d'ennuis et de travail, de l'autre
la créature fantastique, capricieuse et bondissante
que la mythologie appelle un satyre.

Un jour que le bonhomme s'ennuyait à mourir et
s'occupait à broyer du noir en regardant voler les
mouches, il entendit des rires étouffés qui semblaient
monter de la cuisine. Il prêta l'oreille : oui, on riait,
et même on riait de bon cœur.

Il saisit son gourdin et frappa sur le plancher,
comme s'il eût parié de le défoncer en quatre coups.
Aussitôt, comme par enchantement, les rires cessèrent ; un pas léger se fit entendre le long de l'escalier de bois, et une jeune femme en camisole blanche
entra, le sourire sur les lèvres. C'était Rosalie.

« Vous avez frappé, mon père ? dit la jeune femme
sans trop s'effaroucher de la mine renfrognée du vieux
meunier.

— On le dit! reprit-il d'un ton hargneux.

— Est-ce que vous avez besoin de quelque chose?

— J'ai besoin... que vous faites un vacarme à faire trembler la maison! Qu'est-ce que vous faites encore toutes les trois, paresseuses que vous êtes?

— Oh! mon père, paresseuses! reprit Rosalie d'un ton de doux reproche.

— Oui, paresseuses, paresseuses, et encore paresseuses!

— Mais, mon père, j'ai préparé la pâte, et en attendant que le four soit tout à fait chaud, nous regardions jouer les petits chats. Il n'y a pas grand mal à cela : ils sont si drôles!

— Voilà une jolie maison quand je ne suis pas là. Ces chats devraient être à guetter les souris.

— Ils sont si jeunes!

— Il n'est jamais trop tôt pour bien faire. Et Hortense, elle n'a pas d'ouvrage?

— Elle a savonné toute la matinée, et ne croyait pas faire mal en se reposant cinq minutes.

— Et Louison?

— D'abord, c'est aujourd'hui jeudi. De plus, elle a eu un bon point pour son catéchisme, et sait déjà sa leçon pour dimanche prochain.

— Tu as réponse à tout ; mais cela ne prouve rien, non, rien du tout! Ah! quel malheur quand un pauvre homme n'est pas là pour veiller à tout! La paresse est la ruine d'une maison! Assez! »

La jeune femme sortit de la chambre du malade sans répliquer. Sa bouche ne souriait plus. Elle trouvait son père beaucoup trop sévère, mais elle l'excusait en pensant qu'il était aigri par la souffrance.

« Mon père souffre beaucoup, dit-elle à sa sœur et

à sa fille ; nous avons eu tort vraiment de faire tant
de bruit. »

La grande sœur et la petite fille baissèrent la tête
avec confusion : l'autorité paternelle était sauve-
gardée.

Au fond, le meunier avait tort, et le maître d'école
de Cornevache, qui avait observé les choses de près,
et qui avait reçu les confidences de Piédeleu, ne se
gêna pas pour le lui dire :

« Voyez-vous, mon vieux, si le mal ne vous tenait
pas si fort et ne vous fermait pas les yeux, vous vous
souviendriez qu'il y a temps pour tout, temps pour
travailler, et temps pour se reposer et se distraire. Un
bon auteur a dit que si l'arc était toujours tendu, il
finirait par se rompre. Vous ne voulez pas qu'on joue
avec le chat ? Est-ce que vous n'y jouez pas souvent,
vous, un homme de cinquante ans, et un homme
actif, on peut le dire ! Est-ce que je n'y joue pas, moi,
qui suis un homme grave, à ce que l'on dit ? En suis-je
moins bon maître, et vous plaignez-vous de l'instruction que j'ai donnée à vos enfants ? Si vous aviez
été sur pied le jour où vous avez grondé Rosalie, vous
vous seriez amusé autant que vos filles des grimaces
et des pirouettes de vos chats. Ces pauvres petites,
vous les auriez appelées *flâneuses*, et encore par pure
taquinerie ; *paresseuses*, jamais ! Vous prétendez que
si ? et moi je prétends que non, et j'en appelle, comme
disait cet ancien, du meunier malade au meunier bien
portant. Il y a un homme sage qui a dit ceci : « Sois
dans la santé tel que tu étais dans la maladie. » En
d'autres termes : « Toi qui as vu la mort de près,
souviens-toi toujours des réflexions que cette vue t'a
suggérées et des résolutions qu'elle t'a fait prendre. »
Je retournerai cette pensée à votre usage et je vous

dirai : « Papa Renoire, soyez tel dans la maladie que vous étiez dans l'état de santé, et ne laissez pas croire que vous vous plaisez à gâter la joie des autres parce que vous ne pouvez pas la partager. »

UNE PEAU DE LION

I

Nous venions de débarquer en Algérie, moi pour forer des puits artésiens, et mon compagnon de voyage pour me regarder faire, et pour flâner à droite et à gauche.

Camboulive, mon compagnon de voyage, parlait volontiers par axiomes. Pendant la traversée, il m'avait répété à plusieurs reprises :

« Mon bon, de même qu'on ne va pas à Rome sans en rapporter un petit morceau du Colisée, on ne va pas en Algérie sans en rapporter une peau de lion. Cela va de soi ; c'est classique.

— Il y aurait beaucoup à dire, objectai-je, sur cette manie britannique de voyager le marteau à la main et d'écorner les monuments, sous prétexte de rapporter des souvenirs de voyage. Mais c'est un point que je ne veux pas discuter avec toi. Nous perdrions notre temps et nos paroles ; car tu conserverais ton opinion, et moi la mienne, comme toujours. Mais je te concède la peau de lion ; et puisque, paraît-il, tu es devenu capitaliste depuis peu, tu pourras acheter une peau de lion dans le premier bazar venu.

— Acheter une peau de lion dans un bazar! me dit-il avec un souverain mépris. A-t-on jamais entendu parler d'une chose pareille? C'est comme si on allait acheter un morceau du Colisée dans la boutique d'un juif du Ghetto.

— Voudrais-tu dire par hasard...?

— Oui, je veux dire, mais pas par hasard, que j'entends cueillir ma peau de lion sur le lion lui-même, comme j'ai récolté mon petit fragment du Colisée sur le Colisée en personne. »

11

Je voulus lui représenter qu'il n'était pas chasseur et qu'il était tireur médiocre, comme il l'avait suffisamment prouvé au tir aux pigeons de Monaco, devant une galerie qui se pâmait de rire.

Camboulive ne me laissa pas achever, et me coupa la parole avec son impétuosité habituelle pour me déclarer qu'il n'est pas besoin d'être grand chasseur pour se poster à l'affût; qu'un lion est plus gros qu'un pigeon; que le tout est de n'avoir pas peur. Dieu merci! il n'avait pas peur; tout ce qu'il demandait, c'était de se trouver nez à nez avec un lion, la crosse de son fusil à l'épaule!

« Dans un bazar! reprit-il avec un redoublement d'indignation. J'ai promis une peau de lion à mon oncle le colonel; mais quand même je lui apporterais la peau d'un lion antédiluvien, il me mettrait à la porte par les épaules, si je venais lui dire que je l'ai achetée dans un bazar! Tu ne connais pas mon

oncle; tu ne me connais pas moi-même. Une peau
conquise en rase campagne, ou pas de peau du tout!
voilà mon dernier mot. Tron de l'air! tu me ferais
jurer; mais patience, qui vivra verra. »

III

Hélas! les lions se font rares; j'avais percé je ne
sais combien de puits artésiens, Camboulive avait
maudit je ne sais combien de fois son étoile; mais
nous n'avions pas encore entendu parler du moindre
petit lion, fût-il aussi chétif qu'un caniche ou qu'un
roquet. Camboulive en perdait le boire et le manger.

Cependant, un beau jour, à l'improviste, nos
Arabes vinrent nous dire que le « seigneur à la
grosse tête » avait été signalé dans le voisinage.

« Sûr?... demanda Camboulive au comble de
l'exaltation.

— Si sûr, qu'il a tué un bœuf et l'a dévoré à
moitié.

— Où? où?

— Dans un ravin, à une heure de chemin d'ici;
ses traces sont encore fraîches à la marge d'un petit
ruisseau.

— Qu'on me le montre! qu'on me le montre! »
s'écria Camboulive en courant à sa panoplie, et en
s'armant de trois carabines à la fois.

Il fallut essayer de le calmer; mais il ne se calma
que quand on lui promit de mettre un de ces quatre
matins le lion au bout de son fusil.

IV

Mais voilà que pendant plusieurs jours il ne fut plus question du « seigneur à la grosse tête ». Camboulive était retombé dans un morne désespoir.

« Le lâche a eu peur ! s'écriait-il dans des accès de fureur tragique ; le lâche a eu peur de Camboulive. Le pleutre tient à sa peau, une méchante peau de cent francs peut-être. Eh ! je te la payerai, s'il le faut, ta peau ; mais montre-toi seulement ; je te promets que tu ne souffriras pas longtemps. »

Nos compagnons arabes souriaient silencieusement, et échangeaient entre eux des regards passablement narquois. Au fait, pourquoi souriaient-ils ? pourquoi échangeaient-ils des regards d'augures ? Je ne saurais le dire. Peut-être ces hommes laconiques trouvaient-ils la douleur de Camboulive un peu verbeuse. Mais, comme dit l'autre, chacun est de son pays, et n'en peut mais ; or Camboulive était de Marseille.

V

Un jour, après une excursion, nous revenions tous les deux au campement, au petit pas de nos chevaux. Camboulive avait momentanément oublié son lion ; il était très gai, et moi aussi.

Tout à coup nos chevaux dressèrent les oreilles et s'arrêtèrent brusquement. Il y eut un grand bruit de broussailles froissées et de gaulis qui se brisaient sous un choc impétueux. J'eus peur un instant, et je suppose que je dus pâlir. Évidemment je dus pâlir,

car je remarquai que Camboulive pâlissait affreuse-
ment, et Camboulive est plus brave que moi. Si j'é-
tais bien sûr de moi, j'affirmerais même qu'il trem-
bla. Après tout, dans un moment de surprise, on
n'est pas toujours maître de ses nerfs, et la chair et
le sang sont faibles et prompts à s'émouvoir. Une
douzaine de sangliers affolés passèrent comme une
trombe, et...

Et ce fut tout; personne ne les poursuivait.

Camboulive se mit à rire, d'un rire un peu ner-
veux, du moins à ce qu'il me sembla, et s'égaya fort
aux dépens de ces sangliers imbéciles qui fuyaient
sans raison, comme le chien de Jean de Nivelle.

VI

Tout en plaisantant sur la peur que les sangliers
avaient faite à nos chevaux (pas à nous, bien entendu), nous arrivâmes à la lisière du petit bois que
nous traversions depuis une heure. Sans savoir
pourquoi, je respirai plus librement, et je me tournai
du côté de Camboulive pour savoir si le grand air et
le grand jour produisaient sur lui le même effet.

Camboulive s'était arrêté tout court au beau milieu
d'une plaisanterie; il était comme pétrifié, les regards obstinément fixés à droite. A une petite dis-
tance (oh! qu'elle me parut petite!), sur un piédestal
de roche dure qui s'élevait au-dessus du sable de la
plaine, un lion (notre lion) se tenait couché, le
mufle appuyé sur les pattes de devant. Il avait les
yeux à moitié clos, comme s'il sommeillait.

Au bruit du pas de nos chevaux, il ouvrit les yeux
(qu'ils étaient grands et clairs!) et se mit à nous
regarder fixement.

Si je n'étais pas aussi sûr que je le suis du courage de Camboulive, j'oserais insinuer qu'il murmura d'une voix rauque :

« C'est si gros que cela, un lion ! Sainte Vierge ! qu'allons-nous devenir ? »

Mais, comme je suis aussi sûr de son courage que je le suis peu du mien, j'aime mieux croire que mon imagination troublée me fit percevoir des paroles que Camboulive n'avait pas prononcées, qu'il n'avait pas pu prononcer.

Son cheval sans doute était plus peureux que le mien, car, tout en continuant de marcher au petit pas et en tremblant, il obliqua à gauche, et se trouva séparé du lion par le mien.

Cependant nous filions tout doucement, n'osant lâcher la bride à nos chevaux de peur de faire naître dans la tête du lion l'idée de nous donner la chasse. Camboulive, par égard pour moi sans doute, ne fit pas feu sur le lion, et je lui en sus grand gré ; car s'il l'avait seulement blessé au lieu de le tuer raide, c'est sur moi tout naturellement que le lion aurait sauté.

VII

Horreur ! le lion se lève.

Est-ce parce que sa silhouette se détache sur le fond clair du ciel ? mais ce lion me semble monstrueux. Il s'étire, c'est sans doute qu'il veut s'élancer ; il ouvre la gueule, il a faim ; non, il bâille, sa majesté s'ennuie. Il tourne sur lui-même comme pour se faire mieux voir, et il semble nous dire :

« Voilà ma peau ; n'est-ce pas qu'elle est belle ? Elle est à vous : il suffit de venir la « cueillir ».

HORREUR! LE LION SE LÈVE.

Comme nous ne nous empressions pas d'aller
« cueillir » sa royale peau, sa majesté s'impatienta,
et finit par s'en aller tranquillement à ses affaires.
Par bonheur, ses affaires, ce jour-là, ne l'appelaient
pas de notre côté.

Quand le lion fut hors de vue, nous fîmes un
temps de galop, sans rien dire. Dès que nous fûmes
à portée du campement, Camboulive se retourna
sur sa selle, étendit son poing dans la direction
où le lion avait disparu, et l'appela triple lâche,
épithète qui me parut, sur l'heure, souverainement
imméritée.

« Ah ! s'écria-t-il, si j'avais été prévenu d'avance,
si j'avais été aussi sûr de mes amorces que je le suis
de mon coup d'œil et de mon sang-froid, tu n'aurais
déjà plus ta peau sur les épaules; mais tu ne perds
rien pour attendre. Une si belle peau !

— Il est vrai, lui répondis-je, que ce lion était
très beau sur son rocher. Quel magnifique modèle
pour un presse-papier artistique! C'est dommage
que Barye n'ait pas été à notre place pour le dessiner, ou Gérard pour l'abattre. »

Camboulive devint rouge comme un coq, et me
répondit d'un ton de dignité offensée :

« Regrette Barye tant que tu voudras; mais que
vient faire Gérard dans ta phrase? Ne suis-je pas là
pour abattre cette bête... à la prochaine occasion? »

VIII

Radouci par l'hommage qu'il venait de décerner
à sa propre valeur, il me demanda, en souriant avec
bonté, si je n'avais pas eu un peu peur.

« Je l'avoue, » répondis-je pour rendre hommage
à la vérité.

Il se mit à siffloter, se redressa sur sa selle, et
sans nul doute, dans son for intérieur, me prit en
souveraine pitié.

De retour au campement, il me plaisanta sur mes
terreurs; il plaisanta même nos Arabes qui trou-
vaient ma peur toute naturelle. Mais il n'est pas
donné au premier venu d'être un héros.

Les nouvelles que nous venions d'apporter mirent
le campement en rumeur, et il fut question d'orga-
niser une embuscade pour la nuit suivante. N'étant
point chasseur, je me récusai. La conversation roula
tout naturellement sur le lion, sa force, sa fureur,
ses exploits. Il y en avait de si terribles que ma
moelle se figeait dans mes os et mes cheveux se dres-
saient sur ma tête, rien qu'à les entendre raconter.
Camboulive écoutait tous ces récits avec un sourire
pensif : il se recueillait en héros, pour l'action.

Mais voilà qu'à force de se recueillir il attrapa
une migraine épouvantable, qui ne fit que s'accroître à mesure que la nuit approchait. Comme
nos Arabes parlaient de remettre la battue au lendemain, afin qu'il y pût prendre part, il donna le plus
bel exemple d'abnégation que puisse donner un chasseur forcené : il les pria de partir sans lui. Quoi
qu'il pût dire ou faire (il alla jusqu'à se fâcher), les
Arabes tinrent bon, et la partie fut décidément remise au lendemain.

Comme on allumait de grands feux autour du
campement, Camboulive témoigna quelque surprise.

« Le lion pourrait venir cette nuit, répondit un
des hommes.

— Eh bien, qu'il vienne! s'écria courageusement Camboulive.

— Il pourrait se jeter sur les chevaux! répondit l'homme.

— Ah! du moment que vous avez peur pour les chevaux, faites, faites, mes enfants, je ne m'y oppose pas. »

IX

Vers le milieu de la nuit, je l'entendis qui s'agitait, et je lui demandai s'il souffrait beaucoup.

« Abominablement, » me répondit-il

Et il ajouta :

« Tiens! tu es éveillé; jette donc une bonne brassée de bois sur ce brasier qui s'éteint, là, de mon côté. Tu sais... les chevaux! »

Le lendemain matin, il allait un peu mieux, et je le menai respirer l'air frais dans un petit vallon voisin du campement.

« Ce n'est pas là que vous *le* trouverez! dit un des Arabes à Camboulive, en lui voyant prendre son fusil.

— N'importe, répondit fièrement Camboulive, on ne sait pas ce qui peut arriver. »

Il avait raison, et l'Arabe avait tort, car c'est justement là que Camboulive devait conquérir sa peau de lion.

Comme nous causions tranquillement, Camboulive tressaillit, et me dit :

« Écoute un peu! »

J'écoutai de toutes mes oreilles, et j'entendis le bruit des sabots d'un âne qui résonnaient sur le sentier pierreux. En même temps, une voix d'homme, jeune et douce, modulait une mélopée monotone dont le rythme se mesurait sur le battement des sabots de l'âne.

Nous vîmes bientôt paraître, au milieu des arbustes et des branches d'arbre, un jeune Arabe nonchalamment assis sur le dos d'un âne. Il tenait devant lui, en travers, un long fusil à pierre. Il avait, en guise de housse, l'énorme peau d'un lion récemment écorché. Les pattes, armées de griffes formidables, étaient si longues qu'elles pendaient jusqu'à terre et traînaient sur les cailloux. La peau du mufle se ridait, pressée par le talon du jeune Arabe, et dessinait comme un formidable sourire.

« Tron de l'air! s'écria Camboulive, en faisant le moulinet avec son fusil, et en dansant un entrechat; cette vilaine bête est donc morte; nous n'en entendrons donc plus parler! »

On aurait cru vraiment que la mort de cette bête le délivrait d'un cuisant souci.

Je crois que cette pensée vint à l'esprit du jeune Arabe, qui était de notre campement, car il ne se gêna pas pour sourire d'un air ambigu.

X

Avec un tressaillement qui ressemblait fort à un tremblement de joie, Camboulive frappa le sol avec la crosse de sa carabine, et s'écria :

« Et la fameuse battue de ce soir! elle est... »

Il employa un terme si vilain, que pour rien au monde je ne voudrais le transcrire ici. Le mot traduit en langue honnête signifiait que la battue était, comme on dit vulgairement, tombée dans l'eau.

« Où, quand, comment as-tu tué ce brigand ? demanda-t-il au jeune Arabe.

— A la lisière du bois, cette nuit, je m'étais em-
busqué sur un arbre... »

Camboulive me regarda avec un air de triomphe :

« Sur un arbre ! tu l'entends, sur un arbre ! La
belle malice, un enfant en ferait autant. »

Le jeune homme rougit et marmota en arabe :

« Je voudrais bien t'y voir !

— Qu'est-ce qu'il jargonne ? » me demanda Camboulive, qui ne savait pas l'arabe.

Je me permis de ne pas traduire littéralement, et
même de ne pas traduire du tout.

« Il dit, répondis-je effrontément, qu'avec un
malheureux fusil à pierre !...

— C'est juste, c'est juste, » reprit Camboulive, subitement radouci. Et il ajouta, en frappant de la paume
de sa main la crosse de sa carabine : « Tandis que
nous autres, avec des joujoux comme ceux-là... c'est
bien différent. »

XI

La battue projetée n'eut pas lieu ; elle était désormais sans objet, puisque le lion était mort. Quant à
la peau du lion, elle finit par passer des mains du
jeune Arabe dans celles de Camboulive. Pour conclure définitivement cette petite transaction, il vint
m'emprunter quelque argent.

Quoique je ne lui eusse demandé aucune explica-
tion, il se crut obligé de m'en donner une.

« Tu sais, me dit-il en rougissant, c'est pour cette
peau. Allons, ne prends pas cet air étonné, reprit-il

en partant d'un franc éclat de rire. Après tout, je ne l'achète pas dans un bazar ; tu vois que je me la procure en rase campagne ! »

La campagne, en cet endroit, était parfaitement rase, il n'y avait pas à discuter là-dessus. Camboulive paraissait si enchanté de la tournure qu'avaient prise les évènements, que je n'eus pas le courage de le plaisanter.

« Et ta migraine ? lui demandai-je en souriant.

— Ah oui ! ma migraine ! reprit-il avec un rire un peu forcé ; partie, disparue, évaporée ! »

XII

La peau de lion, dûment préparée, se voit encore dans le salon du colonel. Toutes les fois que je lui rends visite, il ne manque pas de me la montrer d'un air un peu goguenard. Dernièrement il me dit :

« Vous n'êtes pas devenu plus chasseur qu'autrefois, vous. Bah ! ce n'est pas donné à tout le monde. Avez-vous eu récemment des nouvelles d'Ernest ? La dernière fois qu'il m'a écrit, il parlait d'aller faire un tour dans l'Inde, pour chasser le tigre. Quel gaillard ! »

Je ne voulais pas détruire les illusions du cher vieux colonel, et, d'un autre côté, je ne voulais pas mentir. Je me suis donc humblement incliné, sans dire un mot.

Je crois inutile d'ajouter que je n'éprouve aucune inquiétude sur les dangers que pourrait courir mon ami Ernest Camboulive en chassant le tigre.

LE VANNIER

CONTE GREC.

C'était à l'époque où Cyrus le Jeune méditait de renverser son frère Artaxercès et de régner à sa place. Ses émissaires parcouraient toute la Grèce, en quête de ces hoplites résolus qui firent plus tard de si belles trouées dans les innombrables armées du roi, et accomplirent cette merveilleuse équipée, si semblable à une épopée, à laquelle l'histoire a donné le nom de Retraite des Dix Mille. Cyrus préférait à tous les autres les hommes du Péloponnèse, ce qui ne l'empêchait pas d'embaucher des mercenaires jusqu'en Sicile. Sosis le Syracusain avait reçu de l'or, avec mission de racoler des hoplites et des peltastes, aussi nombreux, aussi forts et aussi braves qu'il lui serait possible.

II

Sosis le Syracusain se mit à battre les rues de Syracuse et les campagnes voisines, prodiguant partout l'or et les promesses. C'est dans une de ces tournées qu'il rencontra Lycos, fils de Léosthène.

Lycos, fils de Léosthène, était un des plus beaux hommes que l'on eût jamais admirés sur les bords de l'Acis et de l'Anapus. C'était le plus heureux des mortels, car il était honnête homme ; tout jeune, il avait épousé Leuké, qui était bonne et belle ; il avait deux petits enfants que l'on comparait aux Dioscures. Son âme était simple, ses goûts modérés, et il aimait par-dessus toutes choses la condition où les dieux l'avaient placé. Comme son père ne lui avait point laissé de patrimoine, il était obligé de travailler de ses mains pour faire vivre sa femme et ses enfants ; mais il était adroit et fort, et capable d'exceller dans tous les métiers. Il avait choisi celui de vannier, et tous les jours il remerciait les dieux de l'avoir si bien inspiré.

III

Le matin, à l'heure où l'aurore lutte encore contre les ténèbres de la nuit, il se levait, leste et dispos, et s'en allait, en chantant, parmi le thym et la rosée. Tantôt il escaladait la croupe des collines, pour couper les jeunes arbres, qu'il fendait ensuite en planchettes délicates, pour en faire comme les côtes des grandes corbeilles où l'on met le blé ; tantôt il errait sur les bords des rivières et des frais ruisseaux, pour cueillir à brassées l'osier flexible et les jeunes branches du saule, le roseau délicat et le jonc dont on fait les nattes.

Quand il revenait au logis, avec sa lourde charge en équilibre sur sa tête, sa jeune femme l'accueillait

par un si doux sourire que son fardeau ne lui pesait
pas plus qu'une plume. Comme les joncs et les roseaux ne sont point des objets précieux ou fragiles,
il aurait pu, sans inconvénient, jeter d'un seul mouvement de sa tête son fardeau sur le sol. Mais Leuké
tendait avec tant de grâce ses bras blancs et ses
mains délicates pour l'aider à se débarrasser de sa
charge, qu'il se baissait en souriant et retenait des
deux mains le fardeau trop lourd pour une femme.
Mais il s'y prenait si adroitement que Leuké pouvait
s'enorgueillir d'avoir soutenu un instant tout le
poids à elle seule. Elle en devenait toute rouge de
plaisir, et les deux enfants admiraient la force de
leur mère.

« Et puis, que nous as-tu apporté? disaient-ils
en tendant les mains d'avance. Or il se trouvait
toujours qu'il leur avait apporté quelque chose :
tantôt des flûtes de Pan qu'il avait fabriquées, tout
en marchant, avec des roseaux et de la cire ; tantôt
des fleurs aux couleurs éclatantes, tantôt des fruits
savoureux, tantôt des cages à cigales, qu'il excellait
à tresser avec la tige menue du jonc marin; et non
seulement il leur tressait les cages, mais il·y mettait
de vraies cigales, qu'il avait surprises au moment
où elles buvaient la rosée du matin.

IV

Entre tous les artisans, le vannier est heureux,
car il peut toujours travailler au grand air, à l'ombre
d'un arbre, d'un buisson, d'un mur cu d'un palais.
Pendant qu'il tresse ses nattes ou ses corbeilles, il
a sous les yeux la campagne fertile, arrosée par des

ruisseaux clairs comme le cristal, les montagnes qui,
dans l'éloignement, paraissent d'un bleu pâle, et la
mer toujours agitée; le bois et l'osier qu'il manie
parfument sa main de la pénétrante et douce odeur
de la sève. Oh oui! le vannier est heureux entre
tous les artisans. Aussi chante-t-il de joyeuses chansons en accomplissant sa tâche, qui est à peine un
travail. Quand vient le milieu du jour et que Phébus
darde ses traits les plus enflammés, le vannier s'é-
tend sur les joncs odorants, et répare ses forces par
un doux sommeil. Il est prudent, le vannier, il sait
qu'à cette heure brûlante Pan revient de la chasse,
qu'un chant, un mot pourrait l'irriter, car c'est un
dieu capricieux.

Entre tous les vanniers Lycos était renommé, car
il avait le goût si sûr et les mains si adroites qu'on
était tenté de l'appeler un artiste plutôt qu'un artisan.

C'était merveille de voir ces mains d'Hercule, créées
pour manier la lance et l'épée, se faire un jeu des
travaux les plus délicats.

Les orfèvres de Syracuse copièrent plus d'une fois
en filigrane d'or ou d'argent les élégantes corbeilles
qu'il tressait en se jouant, pour plaire à Leuké et
pour amuser ses petits enfants.

Si les bergers et les laboureurs avaient besoin d'un
de ces immenses paniers où disparaîtrait un bœuf
coupé en quartiers, c'est à Lycos qu'ils s'adressaient
de préférence. Car ses grands paniers, qui étaient de
la forme la plus élégante, avaient aussi la réputation
d'être les plus solides que l'on pût acheter dans toute
l'étendue de la Sicile. Jamais bouvier ni laboureur
n'eut à se repentir de son achat. Jamais aucun d'eux
ne revint sur ses pas pour lui dire des paroles
amères, pour lui reprocher les grands fromages

blancs, les agneaux ou les chevreaux qu'il avait reçus
en payement de son travail.

Leuké l'admirait sincèrement, et, voulant être
pour quelque chose dans un travail qui faisait la
gloire et la richesse de la famille, elle enlevait déli-
catement l'écorce pourprée des osiers, et tendait
les brins un à un, en souriant, à son mari. L'aîné
des petits garçons, imitateur comme le sont tous les
enfants, tantôt enlevait l'écorce des brins d'osier,
tantôt faisait un usage déplorable du *fendoir*, tantôt
poussait l'audace jusqu'à construire des corbeilles
de sa façon. Essais informes s'il en fût, mais que le
père et la mère, cependant, étaient tenus d'admirer.

V

Sosis le Syracusain ayant vu Lycos se jura à lui-
même qu'il l'emmènerait en Asie. Mais comme il ne
voulait pas entrer en pourparlers devant la femme et
les enfants du vannier, il se mit au courant de ses
habitudes, et l'aborda un beau matin, au moment
où il coupait des joncs sur les bords de l'Acis.

« Quitte ce vil métier, lui dit-il, cesse de travailler
de tes mains comme un esclave : fais comme moi,
fais comme tant d'autres, prends une lance et un
bouclier; viens avec nous dans un pays d'où les
braves reviennent toujours comblés d'honneurs et
de richesses.

— Quel est donc ce pays merveilleux? dit Lycos en
souriant.

— C'est l'Asie, répondit Sosis.

— Et qui règne, pour l'heure, en Asie? demanda
le vannier.

— C'est Artaxercès, fils aîné de Darius et de Pary-
satis. Mais ce n'est pas le grand roi qui a besoin de
nos services.

— Quel autre serait assez riche pour les payer? »
dit le vannier en ouvrant de grands yeux.

L'autre répondit :

« C'est Cyrus, frère cadet d'Artaxercès, gouver-
neur militaire de toutes les populations qui s'as-
semblent dans les plaines du Castole.

— J'entends, » dit le vannier.

Ayant attrapé pour ses petits enfants une libellule
qui passait à portée de sa main, il reprit d'un ton
sérieux :

« Songerait-il, par hasard, à détrôner son frère?

— Pas le moins du monde, répondit Sosis, il
songe à se fortifier contre les Pisidiens, qui lui
causent quelques embarras et qui inquiètent les
villes de son gouvernement. »

Peut-être Sosis ne connaissait-il pas encore les
desseins de Cyrus; ou, s'il les connaissait, peut-être
avait-il mission de les taire et même de les nier.

VI

« Je n'entends pas grand'chose aux affaires
d'Asie, reprit le vannier; mais si je raisonne d'après
le peu que j'en sais, on ne me fera pas croire que
Cyrus s'entoure de mercenaires grecs pour combattre
quelques méchants Pisidiens. »

Cette fois Sosis sourit en rougissant, mais il ne
dit pas un mot.

« Du reste, reprit Lycos d'un ton de bonne humeur, peu importe aux mercenaires quels sont les

desseins de Cyrus; l'essentiel pour eux, c'est qu'il tienne ses promesses.

— Évidemment, dit Sosis.

— Peu leur importe, reprit Lycos, quel est le nom des Barbares contre lesquels on les mène : Pisidiens, Ciliciens, Égyptiens, c'est tout un pour eux.

— Tu dis vrai, répondit Sosis, et je vois bien que je puis compter sur toi. La solde...

— La solde doit être bonne, dit Lycos en interrompant l'embaucheur; mais il y a une chose qui me tenterait encore plus que la solde, ce serait le plaisir d'échanger quelques bons coups de lance avec ces hommes d'Orient, qui ont, dit-on, les oreilles percées comme des femmes. Néanmoins, ami Sosis, tu ne dois pas compter sur moi.

— Pourquoi? demanda Sosis, à la fois surpris et désappointé.

— Je vais te le dire, répondit Lycos, en posant sa charge de roseaux sur sa tête : accompagne-moi, puisque tu es de loisir et que tu n'as rien de mieux à faire. »

Sosis consentit à accompagner Lycos, qui lui dit : « Pourquoi vas-tu en Asie?

— Pour gagner de l'argent et de la gloire, » répondit Sosis sans hésiter. Et il ajouta : « Pour vivre heureux quand je reviendrai dans mon pays et pour faire envie à tous mes voisins.

— Nous y voilà, reprit Lycos en souriant; eh bien! voici ce que j'ai à te répondre. Je gagne ici autant d'argent qu'il m'en faut pour vivre à l'aise et pour faire vivre ma femme et mes enfants; je n'ai nul souci de la gloire, je veux dire de la gloire que vous allez chercher là-bas. J'aurais aimé à me couvrir de gloire à Marathon, à Platées, à Salamine, parce qu'il

n'y a rien de plus glorieux que de risquer sa vie
pour défendre son pays. Mais les Barbares ne mé-
ditent aucun projet sinistre contre la Grèce, et je ne
trouve pas, entre nous, qu'il y ait grande gloire à
vendre ses services pour de l'argent, et à faire des
trouées dans les rangs de ces Barbares amollis qui
ne sont plus redoutables pour personne depuis que
la Grèce les a battus et réduits à néant. Si réellement
tu tiens à vivre heureux, que ne commences-tu dès
maintenant, sans quitter la Sicile et sans prendre
tant de peine pour tracasser des gens qui ne t'ont
rien fait ? Tu ajoutes que tu veux être un objet d'envie pour tes voisins. Les goûts des hommes sont di-
vers et souvent opposés. J'avoue que mon goût en
cela est tout à fait l'opposé du tien. Je ne porte envie
à personne, et je ne désire pas que personne me
porte envie. Voilà pourquoi je ne quitterai pas la
Sicile, ni mon métier, ni ma femme, ni mes enfants.

VII

« Aurais-tu peur du danger ? s'écria Sosis d'un
ton provocant.

— Je n'ai pas plus peur du danger que je ne suis
avide de richesses, répondit tranquillement le vannier.

— Soit ! reprit Sosis ; mais ne crains-tu pas que
tes voisins ne te comparent à Hercule filant aux
pieds d'Omphale ?

— Je ne suis pas Hercule, dit tranquillement
Lycos, Leuké n'est pas Omphale, et je n'ai nulle
envie d'apprendre à filer. »

Sosis se le tint pour dit et ne revint jamais à la charge. Il vit bien que Lycos était trop raisonnable et trop modéré dans ses désirs pour faire un bon aventurier.

En sa qualité de Grec, Lycos était brave et ami des aventures, mais pas au point de faire une grande sottise. S'il avait pu lire dans l'avenir, s'il avait pu deviner que les Grecs échoueraient dans leur entreprise, que cet échec et les dures épreuves qui suivirent transformeraient des mercenaires avides de gain en autant de héros légendaires, peut-être se fût-il laissé séduire. Mais il refusa net, en prévision d'un succès qui n'était pas pour éblouir un homme de bon sens, ni pour séduire un artisan dont les désirs étaient modérés, les goûts simples et les idées justes et sages.

Les *Dix Mille*, après leur héroïque retour, entrèrent de plain-pied dans l'histoire, tandis que Lycos mourut aussi obscur qu'il avait vécu.

Seulement, tout en accordant aux *Dix Mille* la gloire qu'ils ont conquise à la pointe de l'épée, il ne faut pas regarder de trop près à leurs actes ni aux motifs qui les ont poussés. Xénophon, celui d'entre eux qui avait l'âme la plus élevée et les mains les plus pures, Xénophon lui-même, tout pieux qu'il était, fut forcé d'équivoquer sur le sens d'un oracle pour obtenir du dieu l'autorisation d'aller partager la fortune de Cyrus. Lycos, qui n'était point cependant un homme instruit, ni un disciple de Socrate, fut mieux inspiré par son démon familier quand il repoussa les propositions de Sosis; et il put affronter sans pâlir, après sa mort, le jugement terrible des trois juges qui demandent compte aux mortels de leurs pensées et de leurs actions.

Les *Dix Mille*, par l'audace de leur entreprise, prouvèrent deux vérités historiques qui n'avaient guère besoin d'être prouvées, car elles étaient devenues évidentes après les glorieuses journées qui avaient sauvé l'indépendance de la Grèce. Ils démontrèrent que la race grecque est la plus belle et la plus vaillante qui ait vécu sur la terre, et que l'empire des Perses, malgré son faste inouï et son immense étendue, n'était pas capable de venir à bout d'une poignée d'aventuriers résolus.

Lycos, par l'ensemble de sa vie, mit en lumière une vérité morale, plus belle et plus précieuse que toutes les vérités historiques. Il prouva que le bonheur en ce monde n'est le privilège d'aucune classe et d'aucune caste, qu'il est à la portée du plus humble, et que l'homme le plus obscur le tient pour ainsi dire dans sa main quand il adore les dieux, qu'il s'attache à son foyer et qu'il aime son état.

L'HEURE DU REPOS

Depuis l'Angelus du matin jusqu'à l'Angelus du soir, le soleil a dardé ses rayons ardents sur la vaste campagne. La ferme déserte semble dormir à l'ombre des grands chênes; les pauvres volets sont clos, semblables à des paupières fatiguées; par la porte en tr'ouverte entrent et sortent les petits poulets, toujours affairés après les miettes de pain tombées; dans la salle obscure, on entend par intervalles les cris d'un petit enfant au berceau et les douces paroles d'une mère; puis, quand l'enfant est apaisé, le bourdonnement d'un rouet qui se mêle au bourdonnement des mouches et des abeilles.

Sous la conduite de la mère poule, les poussins trottinent de la salle obscure à l'écurie des chevaux, et de l'écurie des chevaux à la vacherie; car les chevaux sont au labour, les vaches au pâturage, et toute la ferme, jusque dans ses moindres recoins, est devenue le domaine des poussins. A la fin, lassés d'expéditions et d'aventures, ils vont faire la sieste sous les ailes de leur mère. Un silence solennel semble planer sur

toute la maison; car les oies criardes elles-mêmes,
vaincues par l'influence de la chaleur, ont fait trêve
à leurs discussions et dorment en philosophes, sur
une patte, la tête cachée sous l'aile.

Pendant ce temps-là, une vapeur transparente et
visible danse et ondule sur la campagne; les lézards se
poursuivent sur les vieux murs et sur les blocs de
granit chauffés par le soleil; les cosses des ajoncs
éclatent avec un petit bruit sec. Les vaches inquiètes
cessent par moments de paître pour relever la tête
et interroger l'horizon. Le laboureur s'arrête au
milieu du sillon commencé, pour laisser souffler ses
chevaux couverts de sueur. Ses mains abandonnent
le manche de la charrue; il croise ses bras sur sa
poitrine, réfléchit quelques minutes en comparant le
travail qu'il a fait à celui qu'il lui reste à faire. Il finit
par se diriger à pas lents vers une haie touffue; c'est
là qu'il a déposé sa veste de toile, et à l'ombre de sa
veste une bouteille en grès. Lentement il lève la
bouteille jusqu'à ses lèvres, et boit quelques gorgées;
ensuite il retourne à sa charrue avec un nouveau
courage. Tout en enfonçant le soc luisant dans la
terre desséchée, il songe à la ferme, à l'ombre des
grands arbres, au repas du soir, à sa vaillante petite
femme et à son enfant nouveau-né. Ces idées-là lui
tiennent compagnie dans sa solitude, et lui donnent
plus de cœur à l'ouvrage que toutes les merveilles de
la création.

Enfin l'Angelus du soir commence à sonner.
L'homme lève son chapeau à larges bords, il fait le
signe de la croix et prononce gravement les paroles
consacrées : sans être un grand penseur, c'est un
homme pieux et réfléchi. Au milieu des sillons, qui
sont comme les muets témoins de sa vaillance, il

remercie Dieu qui a créé le travail pour élever
l'homme et l'ennoblir, et pour lui faire goûter plei-
nement l'ineffable douceur du repos.

Pendant que le soleil descend à l'horizon, le ciel
profond se colore de teintes si riches, si douces et si
éclatantes à la fois, qu'on songe, en les voyant, à un
autre monde plus glorieux et plus serein que notre
pauvre monde terrestre. De grands vols d'oiseaux
traversent l'espace : les feuilles des arbres frémis-
sent. Par un chemin creux débouchent les chevaux
de labour, traînant la charrue, le soc en l'air, dans
la poussière. Par un sentier qui serpente dans les
landes apparaissent les vaches ; leur pas nonchalant
devient plus rapide à l'approche de la ferme ; elles
savent que la servante les attend pour verser dans
l'auge une eau fraîche et pure.

Les poulets dorment sous leur mère, le petit enfant dort dans son berceau ; les vaches sont couchées
sur la litière de la vacherie ; les chevaux, bien repus,
commencent à cligner l'œil ; au milieu du silence, le
fermier et la fermière causent du présent et de l'avenir. Dans leur prière du soir, ils rendent de nouveau
grâces à Dieu pour les biens qu'il leur a accordés, et,
le cœur content, la conscience tranquille, entrent
dans leur repos.

MIMI

I

« Mimi dort », dit la maman en tirant doucement
la porte de la chambre où Mimi s'est endormie, son
petit soulier tendrement pressé entre ses deux mains,
sur son cœur. Quand la maman prononce ces paroles,
un doigt sur les lèvres, c'est comme si elle pro-
nonçait une formule magique ; la maison tout entière devient calme et silencieuse comme le château
de la Belle au Bois-Dormant.

Le petit frère Paul referme son piano avec précaution. Il soupire bien un peu en le refermant ; ce petit
morceau de Mozart commençait à prendre si bonne
tournure ! c'est dommage de le quitter au bon moment.
Il devait le jouer le soir même, dans une réunion
de famille, chez l'oncle Dorival ; et, sans fausse modestie, il comptait sur un petit triomphe. Oui, c'est
dommage de n'avoir pas pu l'étudier une heure ou
deux de plus ; voilà ce que se dit Paul, tout en fre-
donnant à voix basse un passage qui l'a charmé.
Mais il ne témoigne aucune mauvaise humeur. Il
est si naturel de sacrifier un petit plaisir de vanité au
repos de cette chère Mimi !

La petite sœur Antoinette s'arrête court, au moment le plus intéressant de son jeu favori. Son jeu favori s'appelle « les visites de cérémonie ». Il consiste à traîner, les uns après les autres, les fauteuils de la chambre bleue dans la chambre rouge, et ceux de la chambre rouge dans la chambre bleue.

En ce moment, c'est le grand fauteuil rouge qui rend visite à la chambre bleue. Il se présente bien, en fauteuil du monde. Il s'incline d'abord profondément, autant de fois qu'il y a de fauteuils et de chaises dans la chambre; puis il se remet sur ses quatre pieds. Il débite (par la bouche d'Antoinette) une série de compliments fort civils, qui ressemblent à ceux que la fillette a saisis par bribes quand sa mère reçoit des visites. Comme Antoinette a de la mémoire et de l'imagination, les fauteuils et les chaises de la chambre bleue ne demeurent pas en reste. La conversation ne tarit pas. Grâce à Dieu, le fauteuil rouge n'a plus ce rhume qui l'a fort tourmenté cet hiver. Le grand fauteuil bleu en est charmé; oui, monsieur, charmé! Lui-même a eu une attaque de rhumatisme dans le bras droit; mais il va bien mieux, il va tout à fait bien. La chaise qui est près de la fenêtre a eu toute la matinée une violente migraine. — C'est sans doute parce qu'elle est restée trop longtemps au soleil? — Peut-être. — Le fauteuil rouge recommande l'usage des sels anglais, qui sont fort à la mode et ont guéri, à sa connaissance, une foule de personnes. On le remercie; mais on est un peu sujette aux vapeurs, et l'on craindrait qu'une odeur trop prononcée... — Le petit tabouret, tenez, celui qui se dissimule à moitié derrière ce chiffonnier, n'a pas été sage ce matin; il a réveillé son petit frère! —Oh! Comme les visiteurs sont des meubles de cons-

truction massive, et qu'il faut les traîner à la visite
et les ramener chez eux en les traînant encore, le jeu
des « visites de cérémonie » est classé parmi les jeux
bruyants, et cesse de droit aussitôt que Mimi a commencé sa sieste. Antoinette le quitte, non sans regret,
mais du moins sans murmure. Elle sait fort bien que
les petits enfants ont besoin de sommeil, et que quand
on les réveille brusquement, ils sont grognons pour
toute la journée.

Antoinette, par la fenêtre, aperçoit le papa qui revient de la ville. Vite elle descend lui ouvrir la porte
avant qu'il ait le temps de frapper. Songez donc! un
seul coup de marteau, et Mimi serait réveillée. Le
papa comprend si bien cela qu'il entre sur la pointe
des pieds. Non pas qu'il y ait grand danger de réveil-
ler Mimi, car elle est dans une chambre du premier
étage ; mais Antoinette prend des airs si mystérieux,
parle si bas, marche avec tant de précaution, que le
papa se prête sans rire à sa fantaisie.

Cependant le papa est pressé ; il a besoin de consulter certains papiers qui sont dans son cabinet.
Comment faire? Pour parvenir à son cabinet, il lui
faudrait traverver justement la pièce où il a plu à
Mimi de s'endormir. Ce retard l'impatiente bien un
peu, mais il n'en laisse rien paraître. Il attendra que
Mimi s'éveille ; ce qu'il y a de mieux à faire en attendant, c'est de causer avec maman. Pourquoi semble-
t-il hésiter à s'asseoir auprès d'elle?

J'aime mieux tout vous dire. Maman et papa, ce
matin, ont discuté un peu vivement sur des boiseries
à repeindre et sur une nouvelle porte à percer. Quand
papa est sorti, il y avait comme un petit nuage entre
lui et maman. Il était parti avec la ferme résolution
de bouder un peu pour sauvegarder sa dignité ; mais

il n'a pas l'habitude de bouder, et ne sait comment s'y prendre. Aussitôt que maman lui parle de Mimi, son hésitation cesse; il cause comme si cette fameuse question de porte et de boiseries n'avait jamais été soulevée.

Papa est comme tous les hommes : il aime bien qu'on l'écoute quand il parle, et la moindre distraction de son auditeur lui paraît un manque d'égards; cette fois-ci cependant, il continue à parler à maman, quoiqu'elle ne l'écoute que d'une oreille. L'autre oreille est tendue dans la direction de la chambre où Mimi fait son somme.

Il parle de l'oncle Dorival, qui, n'ayant pas d'enfants, le pauvre homme, ne comprend rien à toutes ces précautions dont on entoure le sommeil de Mimi.

« Croiriez-vous, ma chère, qu'il compare cette pauvre petite à une divinité exigeante, sur l'autel de laquelle chacun de nous vient à contre-cœur offrir son sacrifice?

— Laissons dire l'oncle Dorival, mon ami, et plaignons-le. Grâce à cette petite Mimi, nos deux aînés apprennent, presque sans s'en douter, qu'il faut savoir faire le sacrifice de ses goûts et de ses plaisirs. Avec nous, Antoinette était quelquefois volontaire; avec Mimi, jamais! Elle cède tout de suite et prend ainsi peu à peu l'habitude de plier et d'obéir. Paul avait une tendance à être égoïste : la naissance d'Antoinette lui avait déjà fait beaucoup de bien; j'espère que Mimi lui apprendra tout à fait ce que c'est que l'abnégation.

En causant de ces choses, papa avait tout oublié, et le temps s'écoulait sans qu'il y prît garde. Tout à coup, maman lui posa la main sur le bras pour lui recommander le silence; il prêta l'oreille.

MIMI DORT

« Mimi est réveillée ! s'écria-t-elle.

— Croyez-vous, ma chère ? Je vous assure que moi je n'ai rien entendu. »

II

Mimi est réveillée ; tout le monde accourt. Mimi adresse un sourire à maman ; chacun intrigue pour avoir un sourire aussi. Mimi manifeste quelques velléités de jouer ; tout le monde est en mouvement. — Est-ce son Polichinelle qu'elle veut ? Non. — Sa vache de carton ? Non. « Je vois ce que c'est, dit Antoinette ; » et, sans hésiter un instant, elle place dans les mains maladroites de Mimi sa belle poupée neuve, sa poupée si proprette, qui semble toujours tirée à quatre épingles.

« Tant pis pour la poupée, dit Antoinette ; puisque Mimi veut jouer avec, je la lui donne de bon cœur. »

Le papa et la maman échangent un coup d'œil.

Cependant Mimi continue à promener ses regards autour d'elle, comme si elle cherchait quelque chose.

« Quoi encore ? dit Paul. Ah ! c'est le petit tambour de basque. Le voilà, ma chérie.

— Et ces petits pieds qui gigottent, dit la mère en souriant ; qu'est-ce qu'ils demandent donc encore, ces jolis petits pieds ? Ah ! c'est probablement le cheval. Mon ami, le cheval est en bas. »

« Mon ami » descend en courant et remonte en courant, apportant ce qu'on appelle le cheval.

Après tout, c'est un cheval si l'on veut. Figurez-

vous une bête qui est comme perchée sur ses jambes;
et quand je dis ses jambes, c'est par pure politesse;
ces jambes fictives sont quatre piquets aussi raides
que des barres de fer, et que la fantaisie de l'ouvrier
a chaussés de quatre pieds de biche. L'animal est
jaunâtre, avec de grosses taches rouges; il a un profil
de sauterelle et les yeux les plus débonnaires du
monde. Telle qu'elle est, cette bête étrange plaît à
Mimi; c'est tout ce qu'on lui demande.

Une, deux, trois, Mimi est en selle. Quelle amazone!
Et l'équilibre, Mimi, qu'en faisons-nous?

Ah! vraiment, l'équilibre! Mimi ne s'abaisse point
à des soins si vulgaires. Son unique souci est de ba-
lancer la poupée au bout d'une ficelle et de brandir
la tambour de basque en faisant le grand écart.
Quant à l'équilibre, advienne que pourra. Soyez tranquille, il n'adviendra rien de fâcheux, quand même
le cheval jaune serait le plus fougueux des coursiers
que l'histoire ait jamais mentionnés, fût-il Alfane ou
le cheval Bayard en personne. Papa lui serre la bride
de près; maman passe tout doucement la main derrière l'épaule droite de l'amazone; Paul la soutient
par derrière, et, pour plus de sûreté, tient encore un
des pans de la petite jaquette; Antoinette saisit l'autre
pan pour faire contre-poids, et vogue la galère!

La machine s'ébranle tout doucement. Mimi pousse
des cris de triomphe.

Ah! si l'oncle Dorival survenait tout à coup, il se-
couerait la tête à plusieurs reprises, d'un air capable, et il dirait, en s'appuyant des deux mains sur
son jonc à pomme d'or : — Voilà toute une famille
enchaînée au char d'un méchant petit triompha-
teur.

Enchaînée! y pensez-vous, oncle Dorival? c'est

charmée que vous devriez dire. Vous ne voyez donc
pas que chacun est ici pour son plaisir. La joie de
Mimi est si franche et si naïve qu'elle nous pénètre
tous comme un charme. Ne parlez pas de captifs en-
chaînés, ni de parents faibles, asservis aux caprices
d'un petit enfant; il n'y a ici que des gens qui s'a-
musent pour leur propre compte et ne se présentent
les uns aux autres que des figures souriantes. Oh! la
bonne chose que des figures souriantes! Papa oublie
pour un quart d'heure le souci des affaires d'argent,
et l'on ne voit plus ce vilain pli qui ride parfois son
front. Paul ne songe ni au piano, ni au morceau
de Mozart, ni au petit triomphe qu'il avait rêvé, ni
au petit accès de mauvaise humeur qu'il a été sur
le point d'éprouver. Antoinette ne se doute même
plus qu'il y ait au monde des chaises et des fauteuils
cérémonieux qui se font de si belles visites. Jouer
avec un petit enfant! Trouvez-moi donc un amuse-
ment qui mieux que celui-là convienne à tous les
âges. Nommez-en un qui rapproche plus naturellement tous les membres de la famille, les plus jeunes
comme les plus âgés. Nommez-en un qui puisse mieux
maintenir la bonne entente et développer l'esprit de
famille. Des gens qui ont si bien ri ensemble sortiront de là plus unis qu'auparavant. Cette petite Mimi,
avec son air mutin et ses boucles en désordre, est,
sans le savoir, la gaieté, la vie, le centre, et comme
le lien de la famille, de l'heureuse famille!

Partout et toujours, tant que le cœur de l'homme
sera ce qu'il est, le petit enfant sera la joie, la lumière, la consolation des siens. Il y a plus de deux
mille ans, les derniers adieux d'Andromaque et
d'Hector furent rendus moins amers par la seule présence du petit Astyanax. Andromaque y puisa la force

de sourire au milieu de ses larmes. Hector put lui rendre son sourire. Cependant il courait à la mort ; elle allait devenir la veuve d'Hector et l'esclave de Pyrrhus, et ils le savaient !

LE MOUTON ENRAGÉ

I

Les gens de Creuznach, dans ce temps-là, avaient la réputation d'être gauches et empruntés; la preuve, c'est qu'à dix lieues à la ronde on disait, en manière de proverbe, « les lourdauds de Creuznach ».

Les gens empruntés sont volontiers susceptibles : ils croient toujours qu'on se moque d'eux. Aussi il y avait souvent des batailles entre les gens de Creuznach et ceux des environs, les jours de foire.

Quand vint l'époque où je devais tirer au sort, j'attrapai un mauvais numéro, et je reçus ma feuille de route pour Strasbourg.

Lorsque j'arrivai au régiment, j'étais gauche, emprunté et susceptible comme un vrai lourdaud de Creuznach.

Je prenais en mauvaise part les plaisanteries de mes camarades, et en peu de temps ma vie fut un véritable enfer.

Je ne sais pas comment tout cela aurait fini, si le caporal Kratz ne fût venu charitablement à mon secours, sous prétexte que nous étions presque compatriotes; il était, lui, de Lauterbourg.

Le caporal Kratz, à cette époque, était peut-être le plus ancien caporal de l'armée française. C'était un brave homme et un bon soldat, mais un peu bizarre dans ses manières, réservé, silencieux, au demeurant un véritable père pour nous autres conscrits.

Les uns disaient qu'il avait eu un grand chagrin dans sa vie; les autres, qu'il avait eu une jeunesse orageuse et qu'il avait donné autrefois de l'inquiétude à ses parents et à ses chefs. Un beau jour, il avait changé et était devenu l'excellent soldat que nous aimions et que nous respections tous. S'il eût été plus instruit, il eût fait facilement son chemin. Mais on disait qu'il s'y était mis trop tard; en tout cas, personne de nous ne l'a jamais entendu se plaindre.

II

Son unique souci semblait être d'aider les jeunes soldats à se débrouiller et de les empêcher de faire des sottises. Il usait pour cela beaucoup moins de l'autorité que lui conférait son grade que de l'ascendant de son âge, de son expérience et de son inépuisable bonté.

« Méfie-toi de la bouteille, me dit-il un jour que je rentrais un peu animé d'une excursion hors barrière. Tu ne sais pas le nombre des soldats qu'elle a empêchés de devenir officiers. Je le sais, moi. Ah! ce n'est pas *lui* qui me serait revenu avec cette figure-là. Va-t'en! »

Je n'osai, dans l'état où j'étais, lui demander quel était ce *lui* mystérieux auquel il faisait allusion. J'al-

lai me cacher tout honteux, et surtout sincèrement
affligé de lui avoir fait de la peine.

Une autre fois, je m'étais querellé avec un camarade, à propos d'une mauvaise plaisanterie.

« Tu sais, me dit-il en secouant la tête, ça ne va
pas, ça ne va pas du tout. Je ne peux pas empêcher
tes camarades d'être gais; mais je donnerais je ne
sais quoi pour l'empêcher d'être susceptible. Tu me
vexes, sans le vouloir, plus que tu ne le crois. Ah! ce
n'est pas *lui* qui m'aurait fait de pareilles avanies! »

J'étais si sincèrement confus de lui avoir fait « des
avanies », que cette fois encore je n'osai pas lui parler de ce *lui* qui paraissait si fort lui tenir au cœur.
Je fis effort sur moi-même et je me prêtai de meilleure grâce aux plaisanteries. Il en résulta que les
taquineries cessèrent au bout de très peu de temps.

III

Lorsque je passai caporal, mes collègues me firent
leurs compliments avec une cordialité dont je fus
profondément touché. Le caporal Kratz me prit à
part, et me serrant vigoureusement la main, se mit à
me regarder, d'abord sans rien dire. Ses yeux se ri-
daient aux coins et devenaient tout petits; sa grosse
moustache grise remontait et lui cachait un tiers de
la joue : c'était sa manière de sourire. Je la connaissais bien.

« Tu ne te figures pas, me dit-il enfin, le plaisir
que cela me fait de te voir dans la bonne voie. Je
n'ai jamais eu de joies bien vives depuis que je suis
au monde : en voilà une, et elle me vient de toi. Tu
m'as causé quelques sérieuses inquiétudes, vois-tu,

mais c'est fini. Je me disais aussi : Puisqu'il *lui* ressemble de figure, il faut qu'il *lui* ressemble en tout. »

Cette fois je n'avais aucune raison de retenir la question que je n'avais jamais osé lui faire.

« A qui dites-vous que je ressemble?

— A qui?

— Oui.

— A *lui*, parbleu!

— Mais je n'en suis pas plus avancé, » lui dis-je en riant.

Il prit d'abord l'air étonné, puis ses yeux se ridèrent, sa moustache remonta, et il partit d'un bruyant éclat de rire.

« Au fait, reprit-il, je ne t'ai peut-être jamais dit qui c'était? Je me reconnais bien là. J'y pense si souvent que je me figure que tout le monde doit le connaître. *Lui*, c'est le *mouton enragé!* Je vais te raconter son histoire, parce qu'il me semble qu'elle pourra te servir. Tu m'écoutes?

— De toutes mes oreilles! »

IV

C'était en... en... en... je ne peux jamais retenir le numéro matricule des années; ça ne fait rien : c'était comme qui dirait deux ans avant la guerre de Crimée. Tiens, parbleu! nous étions justement en garnison ici. Voilà qu'on nous envoie un beau jour un conscrit qui arrivait du val de Marco-Kreutzer; tu vois cela d'ici. Les gens de par-là sont les plus grands, les plus blonds et les plus forts de toute l'Alsace, et ont toujours été les plus ignorants. Celui-là

était maigre et pâle comme un étudiant; il avait des
cheveux de fille, pas plus de barbe qu'un bouton de
tunique, un air étonné; par-dessus le marché, il parlait le patois du val de Marco-Kreutzer, auquel les
Alsaciens eux-mêmes n'ont jamais rien compris.
Bon. Je me dis tout de suite : « Voilà un petit soldat
qui va être brimé, bien sûr. »

Il y avait à cette époque-là au régiment un Parisien qui avait de l'esprit comme un singe, et qui
donnait des surnoms à tout le monde. Il n'aperçoit
pas plus tôt le conscrit qu'il se met à l'appeler monsieur l'abbé. Tout le monde commence à rire de
monsieur l'abbé, qui ne se fâche pas, comme bien
des conscrits l'auraient fait à sa place; au lieu de
se mettre en colère, monsieur l'abbé rit plus fort
que les autres. Cela paraît drôle, mais passons.

Ce conscrit ne savait pas trois mots de français,
mais il faisait toujours celui qui comprend (par politesse pour le monde) et répondait d'un air bo-
nasse : Ah! oui, oui!

Naturellement on le mène au perruquier.

Le Parisien lui dit : « Vous savez, monsieur l'abbé,
qu'il faut mettre à part une mèche de vos cheveux
pour le colonel : c'est une petite attention qui le
flatte toujours; c'est un souvenir de ses chers petits
conscrits, et il ne manque jamais de s'en faire faire
une chaîne de montre ou une bague.

— Ah! oui, oui.

— Ce n'est pas tout : il en faut une autre mèche
pour le lieutenant-colonel. Cela lui ferait gros cœur
à cet homme s'il n'avait pas sa mèche aussi.

— Ah! oui, oui! »

Quand monsieur l'abbé eut été tondu de bien
près, il ne ressemblait plus à un abbé, mais à un

bon petit agneau. On se met à l'appeler *Mouton;*
cela l'amuse, et, pour montrer qu'il entre bien dans
la plaisanterie, il fait bee! bee! avec une grande per-
fection.

V

Dans les régiments, comme ailleurs, il ne manque
pas de gens pour abuser de la simplicité du monde.
Aussi, je te prie de croire que le mouton, en trois
mois, avait ciré plus de bottes et astiqué plus de
fourniments qu'il n'en aurait ciré et astiqué pendant
six [ans s'il n'avait fait que sa besogne. C'était toujours « Mouton! » par-ci, et « Mouton! » par-là, et
« mon bon petit Mouton! » Lui, il disait toujours oui
et faisait, sans réclamer, la besogne des autres.

Je ne compte pas les tours pendables que lui
jouaient les loustics. La nuit, quand il dormait du
sommeil de l'innocence, paf! il recevait un soulier
ou une brosse, et se réveillait en sursaut.

« Tu ronfles! lui criait une voix goguenarde.

— Ah! oui, oui; je ne m'en apercevais pas. » Il
riait et se rendormait.

« C'est un imbécile! disaient les uns.

— C'est un brave garçon, » répondaient les autres.

Moi, je ne savais qu'en penser. Le Parisien ne disait mot et secouait la tête. Après avoir houspillé le
Mouton plus que tous les autres, il avait fini par le
laisser tranquille, et même il lui montrait une espèce de déférence. Je n'ai jamais su au juste ce qui
avait pu se passer entre eux.

Moi qui ne me gênais avec personne, je lui demandai un jour ce que cela voulait dire.

« Cela veut dire que ce garçon-là vaut mieux que nous tous, et que je commence à avoir honte de le voir vilipender par le premier venu.

— En quoi vaut-il mieux que nous?

— En tout. Je l'ai fait causer, moi; et il m'a dit des choses qui m'ont donné à réfléchir. Examine-le bien, et tu remarqueras ceci : quand il a dit d'une chose : *Ça se doit!* le diable ne l'empêcherait pas de la faire, et quand il a dit : *Ça ne se doit pas!* le diable non plus ne le forcerait pas à la faire. Pour tout le reste, doux comme un mouton, à la disposition de tout le monde. Ou je me trompe fort, ou ce gaillard-là, une fois débrouillé (songe qu'on l'a tiré de la charrue), fera un fameux lapin. Rappelle-toi ce que je te dis. »

J'ai l'habitude de ne croire que ce que je vois de mes yeux. Tout en tenant compte de l'opinion du Parisien, je résolus de mettre le Mouton à l'épreuve.

VI

Un beau matin, je lui dis de but en blanc :

« Viens-tu avec moi au *Singe vert?* » — C'était le bon endroit dans ce temps-là, aujourd'hui c'est le *Bon Coing*. Comme tout change en ce monde!

Il me répond sans hésiter : « Pourquoi pas?

— Nous boirons une bonne bouteille de vin du Rhin.

— Une bonne bouteille est bonne! »

Nous allons au *Singe vert*, et nous buvons en amis. Il buvait bien, le Mouton, et sans faire la petite bouche. Nous causons de choses et d'autres; mais je n'avais pas le talent de le faire parler, ou je ne lui

inspirais pas autant de confiance que le Parisien. Je
me dis à part moi : « C'est bon ! je t'attends à la seconde bouteille ! » Je la demande, cette seconde bouteille.

« Si c'est pour moi, me dit-il, tu ferais mieux de
ne pas la déboucher.

— Pourquoi ?

— Parce que je n'ai plus soif.

— En voilà une raison ! »

Et je tâche de lui verser un autre verre. Impossible. Il se défendait poliment, mais il n'y eut pas
moyen de le faire céder. « Boire au delà de sa soif,
cela ne se doit pas. » J'ai beau me moquer de lui, le
prendre par les sentiments, lui donner l'exemple, je
vois qu'il n'y a pas moyen de le faire céder.

En sortant de là, j'étais un peu animé par le vin
et par la colère. De retour à la caserne, l'adjudant de
semaine me dit quelque chose qui ne me va pas. Je
réplique ; il me punit : je m'exaspère, — c'était dans
ce temps-là mon défaut, et c'est ce qui m'a longtemps empêché de passer caporal.

J'allais lever la main sur mon supérieur ! Voilà le
Mouton qui me prend le bras et m'arrête net ; puis il
m'enlève comme une plume et me pose tranquillement sur mon lit. Quelle poigne ! mon vieux, quelle
poigne ! Et dire qu'avec cette poigne-là il se laissait
mener par un tas de fainéants ! Mais il y a une chose
qui m'a bien plus surpris que sa force, c'est les yeux
qu'il me faisait ! Ah ! je t'en réponds, ce n'étaient pas
des yeux d'imbécile. Sa figure était toute changée, il
me magnétisait. En un clin d'œil, je fus complètement dégrisé.

« Merci ! lui dis-je en lui serrant la main, tu m'as
sauvé d'un mauvais pas, je ne l'oublierai jamais. »

Le fait est que depuis ce jour-là personne ne m'a jamais vu gris.

« Allons donc! me dit-il, est-ce qu'il faut parler de cela? »

Il avait repris sa figure ordinaire, mais je savais désormais qu'il y avait en lui autre chose que ce que j'y avais vu jusque-là. Il eut la délicatesse de ne jamais rappeler cette histoire, de peur de m'humilier. Je réfléchis à part moi et je me dis : « Évidemment ce petit soldat a en lui-même une puissance qu'il ignore, ou dont sa bonté naturelle l'empêche de se servir. »

VII

Jusque-là nous étions deux à respecter le Mouton; il y en eut bientôt un troisième, un farceur nommé Dubois.

Dubois était à la fenêtre, occupé à astiquer les boutons de sa tunique. Il sifflait l'air : *Toi qui connais les hussards de la garde.*

Tout à coup il cessa de siffler : « Hé! Mouton, cria-t-il en tournant la tête de notre côté.

— Présent! répondit notre camarade.

— Viens voir ici, je crois que voilà ton papa qui te demande. »

Le Mouton se précipita à la fenêtre et ne vit rien autre chose à la grille de la cour qu'un mendiant hideux qui parlementait avec la sentinelle.

Dubois riait du haut de sa tête, tenant d'une main sa tunique et de l'autre sa petite brosse.

Le Mouton se retourna tranquillement de son côté, et lui prit doucement le poignet :

« Vois-tu, lui dit-il de son ton calme, je suis fâché
de trouver ta plaisanterie mauvaise, et de te faire
de la peine en te le disant. Mais ne plaisante jamais
sur mon père ou sur ma mère. C'est mal, *cela ne se
doit pas!* »

Il ne disait pas un mot plus haut que l'autre. Je
ne voyais pas sa figure, puisqu'il me tournait le dos,
mais je voyais celle de Dubois. Il était si penaud et
si ahuri que le Mouton lui faisait évidemment ces
yeux qu'il m'avait faits pour me calmer. Il n'avait
pas l'air non plus de faire effort et de serrer le bras
de Dubois, ce qui n'empêcha pas ce dernier de laisser tomber sa brosse.

Le Mouton alors laissa aller le bras du mauvais
plaisant, qui ramassa sa brosse pour se donner une
contenance, mais il était tout rouge et il baissait les
yeux. Machinalement il s'était remis à siffler *les hussards de la garde*, mais je te réponds qu'il les sifflait
diablement faux.

VIII

Un soir d'hiver, pour nous désennuyer, quelqu'un
proposa de jouer à la main chaude; on trouva tout
naturel de commencer par le Mouton.

Il aurait pu réclamer, il n'y songea même pas. Les
tapes se mirent à pleuvoir comme la grêle : on aurait
dit des coups de battoir. A chaque coup, le Mouton
se relevait, un peu rouge, parce qu'il s'était tenu
courbé, mais calme et de bonne humeur. Il avait
affaire à de rudes joueurs et ne connaissait pas les
malices du jeu; aussi se trompait-il toutes les fois.

A chacune de ses erreurs on entendait des huées

et des bêlements. Tous les soldats se tordaient de
rire. Moi je ne riais pas, je sentais même le rouge
me monter à la figure. Au moment où je songeais à
me faire prendre pour délivrer le Mouton, un brutal,
comme il y en a partout, lui allonge un grand coup
de soulier.

Le Mouton se releva vivement. Je crus qu'il allait
se mettre en colère, et franchement il y avait bien
de quoi.

« Voilà, dit-il, avec un grand sang-froid, le premier coup bien appliqué ! »

Cette franche bonhomie fit qu'on l'applaudit. Pendant que les uns criaient : « Bravo le Mouton ! » les
autres disaient au brutal : « A toi de t'y mettre, les
souliers ne sont pas de jeu ! »

« Ah ! c'était un soulier, dit le Mouton en cédant
la place. Tiens ! tiens ! tiens ! je ne l'aurais pas cru.
Un soulier ! ça ne se doit pas ! »

Alors il leva le bras et, sans avoir l'air d'y tou-
cher, allongea dans la main du brutal une si formidable claque, que tout le monde en demeura muet
d'admiration. Le blessé se redressa furieux, avec des
yeux qui lui sortaient de la tête, et hurla, en se tenant la main :

« On a dit que les souliers n'en étaient pas !

— Ce n'est pas un soulier ! lui cria-t-on de toutes
parts.

— C'est un tout petit coup de patte de Mouton ! dit
le camarade, que l'ébahissement de l'autre amusait
prodigieusement

— Dis donc plutôt une ruade de cheval, Mouton
enragé ! » grogna le patient tout en se remettant en
position.

On voyait trembler son échine dans l'attente d'un

second coup aussi formidable que le premier. Mais le
Mouton n'était pas méchant. Il lui suffisait d'avoir
donné à un brutal une leçon méritée. Dès lors il ne
frappa plus, ou se contenta de frapper légèrement.

IX

Cette partie de main chaude eut des conséquences
importantes pour le Mouton. D'abord elle lui valut
une promotion ; de simple Mouton qu'il était auparavant, il passa Mouton enragé. Le nom lui resta.

Puis on commença à envisager sous un jour tout
nouveau l'homme qui avait une pareille force à sa
disposition, et qui n'en parlait jamais. Ceux qui jusque-là l'avaient appelé imbécile changèrent de ton :
on ne peut pas être un imbécile avec un poing pareil.

Le dernier exploit du Mouton enragé, accompli
devant tout le monde, avait attiré l'attention sur lui.
Comme il arrive toujours en pareil cas, c'était à qui
chanterait ses louanges ; c'était à qui crierait le plus
fort : « Je l'avais toujours dit que ce conscrit-là n'é-
tait pas un imbécile. »

Les renseignements sur son compte arrivaient de
tous les côtés. Chacun exagérait un peu pour paraître mieux renseigné que les autres, et tout cela
lui composa du jour au lendemain une petite réputation, pas méprisable du tout.

A l'exercice il apprenait lentement ; mais ce qu'il
savait une fois, il le savait pour toujours.

A la salle d'armes, il était maladroit au point de
vue de l'art et de la méthode, mais il inventait des
coups et boutonnait le maître d'armes.

A la cible, il visait longuement, — habitude de
paysan qui ne veut perdre ni sa poudre ni son plomb,
— mais il mettait dans le blanc quatre fois sur cinq,
à des distances prodigieuses.

Voilà ce qu'on disait autour de lui, et c'est ainsi
que se formait la légende du Mouton enragé.

Mais, par exemple, à l'école régimentaire il ne s'é-
tait pas distingué beaucoup. Il ne manquait cependant
dant pas de zèle ; il avait même le plus vif désir de
savoir lire et écrire ; mais, comme il le disait lui-
même : « Nous sommes tous comme cela à Creuznach ; c'est de père en fils. Les maîtres d'école
nous ont abandonnés parce que nous sommes trop
bêtes, les notaires parce que nous sommes trop pauvres, les juges de paix parce que nous sommes trop
bons enfants, et les médecins parce que chez nous
on ne meurt que de vieillesse. Nous avons un per-
cepteur parce que ces gens-là trouvent à tondre sur
un œuf, un vétérinaire pour nos bêtes, et puis c'est
tout.

— Mais, dis-je au caporal Kratz, les choses ne se
passent pas tout à fait comme cela. J'ai un oncle à
Creuznach, je suis allé le voir une fois et...

— Je te parle d'il y a vingt ans, me répondit
le caporal Kratz ; depuis, cela a bien changé, grâce à
lui. Mais laisse-moi te continuer son histoire. »

Il arriva alors une chose bien étonnante. Le Parisien, l'être le plus remuant que j'aie jamais vu, eut
la patience de se faire le maître d'école du Mouton.
Et ce qui est le plus singulier, c'est qu'après avoir
commencé, il persévéra.

« Ça t'ennuie, avoue-le, disait le Mouton.

— Au contraire, ça m'amuse beaucoup. Tu ne vas
pas vite ; mais c'est comme à l'exercice, tu n'oublies

jamais ce que tu as une fois appris. Tu fais honneur
à ton maître.

— Crois-tu? répondait le Mouton en secouant la
tête.

— Je ne crois pas, je suis sûr. »

X

Le Parisien avait raison de compter sur l'intelligence de son écolier. Quand il eut vaincu les premières difficultés, le Mouton enragé se jeta à travers
les livres, comme un vrai mouton bien affamé se jet-
terait à travers un pré d'herbe fraîche. L'écriture lui
coûta moins de peine que la lecture. Un beau jour,
le Mouton enragé fut nommé caporal, et cela ne surprit personne.

C'est à cette époque-là que l'on commença à parler
d'une guerre contre la Russie. Bientôt on nous mit
en chemin de fer pour Marseille, et on nous embarqua pour la Crimée.

Ah! le bon temps! Quelquefois la vie de garnison
paraît assommante. On se figure souvent que c'est
pour rien qu'on apprend à tenir un fusil, à manœuvrer, à obéir! Il y a des bourgeois qui vous regar-
dent comme rien du tout. Les uns vous appellent
fainéants, parce que vous vous promenez les bras
ballants quand votre besogne du jour est faite. Les
autres jugent un régiment sur une méchante pratique comme j'en étais une dans ce temps-là. Je suis
honteux quand je pense combien de fois mon nez
rouge a fait du tort à l'uniforme.

Tu me regardes avec étonnement; je te dis pourtant la pure vérité. Si je vaux mieux maintenant, c'est au Mouton enragé que je le dois.

Le vieux soldat se passa la main sur le front et continua ainsi :

Quand une guerre éclate, on commence à nous regarder d'un autre œil. C'est sur nous que l'on compte pour défendre l'honneur du pays. Cela fait quelque chose aux gens de voir passer le drapeau suivi d'un tas de bons garçons qui vont risquer leur vie pour lui.

On se découvre sur leur passage ; on les applaudit ; on leur jette des fleurs ; rien n'est trop beau ni trop bon pour eux. On leur crie : *Au revoir !* parce qu'on n'est pas sûr qu'ils reviendront. On ne leur crie pas : *Battez-vous bien !* parce qu'on est sûr qu'ils feront leur devoir.

Ah ! si l'on songeait toujours à ces moments-là, quel respect on aurait pour soi-même et pour l'uniforme qu'on a l'honneur de porter ! Ah ! le bon temps !

Dans ces occasions, chacun agit selon son caractère ; les uns rient et chantent, et ne peuvent pas se tenir en place ; les autres ne disent rien : ce ne sont pas les plus mauvais.

J'examinai la contenance du Mouton. Il ne faisait pas de bruit ; mais il avait les narines un peu gonflées, et ses yeux conservaient maintenant cette expression qui m'était apparue seulement dans de rares circonstances.

Comme je m'étais mis à l'aimer beaucoup, je fus très heureux de le voir comme cela, et je me dis : « En voilà un bon, on peut compter sur lui. »

XI

Je fus donc fort surpris de le voir entrer un soir dans ma tente, la figure triste et soucieuse. Il devait y avoir le lendemain une grande bataille. On ne nous l'avait pas dit, mais les vieux soldats flairent cela dans l'air.

« Crois-tu qu'on se battra demain? me demanda-t-il.

— Je le crois.

— Je voudrais te dire quelque chose.

— Dis. »

Je n'osais pas le regarder en face; sa figure me faisait de la peine.

« Voici ce que c'est..... J'ai peur!

— Peur de quoi?

— J'ai peur de perdre la tête demain.

— A quoi reconnais-tu ça?

— Quand on m'a annoncé que le moment était venu, j'ai senti comme un coup violent dans la poitrine, puis j'ai tremblé de la tête aux pieds. J'ai pensé aussi aux gens que j'ai laissés là-bas; et jamais je ne me suis senti si triste de les avoir quittés. Puis j'ai songé aux blessures, au sang versé, aux opérations des chirurgiens à l'ambulance; cela m'a fait battre le cœur. Je ne crains pas d'être tué; je crains d'être mutilé. Maintenant que je sais que l'on va se battre, je voudrais que ce fût tout de suite. Il me semble que cette nuit va être une éternité à traverser. Bien sûr je ne fermerai pas l'œil.

— Ce n'est que cela? lui dis-je en lui prenant les deux mains. Mais tout le monde a passé par là la veille de sa première bataille : j'entends tous ceux qui ont un peu d'imagination. On ne sait pas ce que c'est, on se fait un monstre de tout, et une fois qu'on y est, on n'a pas seulement l'idée d'y songer. Tu m'en diras des nouvelles demain soir. N'as-tu pas remarqué déjà que les chagrins et les dangers font beaucoup plus d'effet de loin que de près? Tu manques d'expérience et non pas de courage. Tu peux dormir; je te réponds de toi comme de moi.

— Bien vrai?

— Bien vrai.

— Alors, vive la France! et laisse-moi t'embrasser. Tu m'as mis du baume dans le sang. »

XII

La bataille commença de bonne heure. Je n'eus que le temps de serrer la main au Mouton.

« Eh bien? lui dis-je.

— Ça y est! me répondit-il en souriant. J'ai dormi. Et maintenant, encore une fois, vive la France! et à la garde de Dieu. »

À partir de ce moment-là nous fûmes séparés. Ce fut une rude journée. Les Russes n'avaient pas peur et se défendaient bien. Le canon tonnait de tous les côtés, on ne se voyait plus à cause de la fumée et de la poussière. Par moments un vent frais venu de la mer déchirait le rideau, et je voyais par les trouées tantôt les cavaliers anglais avec leurs uniformes rouges, qui chargeaient dans la plaine, tantôt les soldats russes, avec leurs grandes capotes et leurs petites casquettes, en train de grimper le long d'une série de hauteurs. Ils se retournaient de temps en temps pour tirer de notre côté, et continuaient de grimper, le corps penché en avant. Ils se retiraient en bon ordre; des batteries établies sur les hauteurs les protégeaient. C'est tout ce que je pouvais voir, et seulement par échappées, car il y avait encore des régiments russes qui nous tenaient tête, et il nous fallut charger à la baïonnette.

J'arrivai au pied des hauteurs un des premiers, à ce que je croyais. Qu'est-ce que je vois? Le Mouton enragé qui était déjà à mi-côte et bondissait comme un chat sauvage. Là je fus frappé d'une balle au bras, et je perdis connaissance.

Le soir, le camp était en fête; la victoire était à nous. Je demandai tout de suite des nouvelles du Mouton enragé.

« Plus enragé que jamais, » me répondit un camarade.

Avec quatre ou cinq bons garçons comme lui, il avait pénétré dans une batterie russe. Les artilleurs avaient été tués sur leurs pièces. Comme on me racontait les prouesses de mon jeune camarade, il y eut un brouhaha et des applaudissements.

« Qu'est-ce que c'est? » demandai-je à un des infirmiers.

Il alla regarder à la porte de la baraque.

« C'est, me répondit-il, le Mouton enragé qui revient à cheval sur un canon traîné par des zouaves. »

Son premier soin fût de me chercher et de venir me voir. Je n'ai jamais rencontré une figure plus belle que la sienne à ce moment-là.

« Qu'as-tu donc, mon pauvre vieux? me demanda-t-il.

— Du plomb dans l'aile; mais ce ne sera rien. Ah çà! j'ai appris que tu avais fait des tiennes.

— Ne m'en parle pas, répondit-il ; je ne sais vraiment pas ce que j'ai fait. J'allais devant moi avec l'idée de faire mon devoir, sans plus penser aux blessures que si nous faisions la petite guerre. Tu avais bien raison hier, et tu me donnes le bon exemple aujourd'hui ; car tu dois souffrir horriblement et tu ne me parles que de moi. »

Je regardais sa figure avec émotion, et je pensais : « Voilà une figure d'officier. » Je le lui dis.

Il se mit à rougir et me répondit que pour le moment c'était la figure d'un chevalier : il avait reçu la croix sur le champ de bataille.

Vers le milieu du siège il était sergent, et se distingua tellement à l'assaut qu'il fut nommé sous-lieutenant sur la brèche.

XIII

Depuis la prise de Sébastopol, nous avons été séparés. Moi, j'ai continué à être pas grand'chose de bon, et je suis resté Gros-Jean comme devant. Mais je n'ai rien à dire, et je ne me plaindrai jamais, car c'est bien ma faute.

Lui, il a étudié, et il a fait son chemin tout seul, à la force du poignet. Tu le connais, au moins de vue. C'est le colonel Albrecht, dont le régiment s'est trouvé quelque temps avec le nôtre à Versailles. Voilà ce que c'est que le Mouton enragé, reprit le vieux soldat, en regardant d'un œil mélancolique dans le vide, bien loin devant lui, comme s'il y contemplait l'image des choses passées.

« Allons, reprit-il, en consultant le cadran de sa

grosse montre d'argent, assez causé pour aujour-
d'hui. Il est l'heure de rentrer. »

Nous retournâmes à la caserne, lui impassible
comme toujours, et sifflant entre ses dents l'air de
la Casquette, moi rêveur et l'esprit tout rempli des
exploits du Mouton enragé.

« Ce qu'un autre a fait, me dis-je le soir en m'en-
dormant, pourquoi ne le ferais-tu pas aussi? »

YVONNE TROENNEC

I

Lorsque j'entrai dans la petite salle du cabaret...
Au fait, je ne veux pas qu'on prenne mauvaise opinion de moi et qu'on s'imagine que je fréquente les salles de cabaret. Le cabaret dont je parle était en même temps la seule auberge du petit village où je venais tous les ans faire des études de paysages et de costumes bretons. J'y avais une chambre à moi. Cette chambre était triste en sa qualité de chambre d'auberge, et un peu sale en sa qualité de chambre bretonne. J'y entrais pour dormir, parce qu'il faut bien dormir à couvert, et je la quittais aussitôt que j'étais réveillé.

Ce soir-là, ma promenade quotidienne de l'après-souper avait été coupée par la pluie, qui continuait de tomber avec acharnement. Je ne pouvais décemment me coucher à huit heures; voilà pourquoi j'allai chercher un refuge dans la salle commune.

Lorsque j'y entrai, une douzaine de pipes bretonnes en pleine activité travaillaient à rendre l'atmosphère aussi lourde et aussi infecte que possible.

Une douzaine de nez bretons se plongeaient, à intervalles inégaux, dans des pichets de cidre d'une capacité respectable. Une douzaine de langues bretonnes discutaient bruyamment le récent mariage de Louis Troënnec.

La plupart des habitués, célibataires endurcis, daubaient le nouveau ménage.

Comme tout le monde me connaissait, personne ne se dérangea; l'on se contenta de me faire une petite place. Les critiques continuèrent avec une aigreur égale à celle du cidre, que l'on me servit dans un pichet ébréché. Je pensai, non sans vraisemblance, que ce pichet avait était écorné, un jour de foire, sur quelque tête bretonne.

II

Tous les buveurs (y compris le cabaretier, qui prêchait d'exemple et pouvait passer pour un buveur remarquable) s'accordaient à blâmer ce mariage. Après avoir entendu bien des criailleries et du rabâchage, je remarquai que chacun avait une raison particulière d'en être mécontent. Cela me mit en garde, et me jeta dès le début dans le parti des jeunes mariés.

« Se marier si jeune ! criait un vieux garçon qui louchait d'une façon déplaisante.

— Il n'est jamais trop tôt pour bien faire ! » lui dis-je afin de l'exciter.

Il haussa les épaules, suça à quatre ou cinq reprises le tuyau de sa pipe, et dit d'un ton maussade :

« Il est toujours trop tôt pour faire une sottise ! »

En regardant le vieux garçon louche, je ne pus

m'empêcher de songer au renard qui trouve les raisins
trop verts. Si quelque autre renard, plus habile ven-
dangeur que le premier, eût fini par attraper les raisins, son camarade, sans nul doute, l'aurait accusé
d'avoir fait une sottise.

« Une fille sans le sou ! » grommelait le vieux Leleux en regardant d'un œil défiant le fond de son
pichet vide.

Le père Leleux avait des écus cachés quelque part :
on le savait ; néanmoins, personne ne se pressait de
débarrasser le bonhomme de ses écus en lui deman-
dant la main de sa fille. Les écus auraient pu tenter
quelque amateur ; mais la fille était si déplaisante !

« Mais, dis-je, Louis non plus n'avait pas le sou.

— Raison de plus pour aller du côté où il y a du
bien, » dit le bonhomme en tendant son pichet pour
le faire remplir.

Je supposai, avec quelque vraisemblance, que
maître Leleux avait eu des vues particulières sur
Troënnec. Je sus très bon gré à Yvonne (c'était
le nom de madame Troënnec) de l'avoir emporté,
quoique pauvre, sur les écus du père Leleux.

III

« Une femme qui le mène ! dit à son tour le cabaretier, furieux d'avoir perdu, en perdant Louis,
une de ses meilleures pratiques.

— Alors, il ne vient plus ?

— Jamais ! jamais ! monsieur, beugla mon hôte avec
un attendrissement d'ivrogne. Un si joli buveur !
Vous souvenez-vous, vous autres, comme on riait
autrefois ? Le cidre n'avait pas le temps de se piquer

dans le tonneau, ni le vin non plus. Il boit de l'eau maintenant; voilà un joli exemple!

— Ainsi, dis-je en prenant un air de profonde commisération, ces pauvres gens ne boivent que de l'eau?

— Est-ce qu'on sait ce qui se passe chez eux? Puisque je vous dis qu'elle le mène. Elle lui ferait boire de l'eau que cela ne m'étonnerait pas; mais, en tous cas, ce serait par pure méchanceté. Ce gueux de Louis gagne de l'argent; il est fort, adroit, et pas bête. Il en a toujours gagné; mais, dans le bon temps, il connaissait les bons coins, et savait où le dépenser. »

Je sus le plus grand gré à Yvonne d'avoir corrigé son mari de l'habitude d'aller au cabaret et de l'avoir rendu économe. Ce devait être une femme courageuse, aimante et adroite, pour avoir osé l'épouser, pour avoir espéré de le corriger, et pour y avoir si bien réussi.

IV

« Allons! dis-je en riant et en résumant d'un mot les critiques que je venais d'entendre, Yvonne est une vilaine femme!

— Qui est-ce qui a osé dire cela? » cria, en se dressant sur ses jambes mal affermies, un grand adolescent à longue chevelure pendante.

Épuisé par l'énergie qu'il avait déployée, il se rassit sans attendre qu'on lui répondît, mit ses bras sur la table, sa tête sur ses bras, et recommença son somme si brusquement interrompu. Il était vêtu comme le sont les fermiers riches du pays. Il avait de la chénille à son chapeau, et portait, les uns par-dessus les autres, je ne sais combien de gilets.

Comme je le regardais avec surprise, mon voisin me toucha le coude, et me dit en confidence, derrière sa main :

« C'est comme cela tous les soirs. Il l'avait demandée pour femme : elle n'a pas voulu de lui ; cependant ses parents ont de quoi. Ce sont ces gens qui exploitent la métairie de Pierre-Levée. Cela lui a donné un coup ; il s'est mis à boire. Mais cela ne lui réussit guère, » ajouta-t-il avec le dédain d'un buveur endurci.

Cette révélation nouvelle ne fit qu'accroître mon estime pour Yvonne.

Quand il fut temps de se séparer, chacun tira de son côté. Ce fut le père Leleux qui se chargea de reconduire l'héritier de la Pierre-Levée. Agissait-il ainsi par pure charité ? Il est permis d'en douter, car il n'était pas dans ses habitudes de se montrer charitable. Peut-être voyait-il, dans ses rêves d'avenir, l'adolescent chevelu conduisant à l'autel une certaine personne déplaisante qui lui tenait de près.

V

Il est difficile d'entendre beaucoup parler d'une personne sans se faire involontairement une idée de son extérieur et de sa physionomie. Je connaissais Louis Troënnec depuis longtemps ; mais je ne connaissais pas Yvonne. Louis était pour moi l'idéal du beau Breton. Il avait les traits fins, délicats et fermes à la fois. J'avais toujours pensé qu'il se tirerait un jour ou l'autre de la société dans laquelle il vivait, et qui n'était pas digne de lui.

Je me représentais, par analogie, Yvonne comme une personne assez grande, avec des traits bien accentués et beaux comme ceux de son mari. Il était évident pour moi qu'elle devait être belle, et que ses yeux devaient avoir une expression particulière. Cette image s'était formée dans mon esprit, sans la participation de ma volonté, à mesure que j'entendais parler d'elle.

Je n'eus pas le temps de vérifier si mes conjectures étaient justes. Quelques jours après, une affaire importante me rappelait à Paris.

A l'Exposition de peinture qui suivit, les critiques d'art me reprochèrent d'abuser de la Bretagne et des Bretons. Je pris l'avertissement en bonne part, et pendant cinq ou six ans de suite je passai mes vacances en Suisse, dans le nord de l'Italie et dans les Pyrénées. Au milieu de toutes mes préoccupations, le ménage Troënnec m'était complètement sorti de la mémoire.

VI

Les critiques d'art ayant insinué que mes Basques ne valaient pas mes Bretons d'autrefois, je revins de grand cœur à mes Bretons. Je descendis tout droit à mon ancien logement. Il y avait toujours des buveurs dans la salle, mais ce n'étaient plus les mêmes. Le cabaretier, dont l'intelligence et la mémoire me parurent avoir singulièrement baissé depuis la dernière fois, me dit que Troënnec faisait bien ses affaires ; c'est tout ce que j'en pus tirer. J'appris que l'adolescent chevelu avait été épousé par la fille déplaisante, et que la vie était devenue un fardeau pour

cet infortuné. Je trouvai là matière à philosopher
sur les mariages d'argent.

Dès le lendemain, je me mis à l'œuvre. J'étais en
train de faire, sous un soleil ardent, une étude d'après
un bloc de granit d'une couleur admirable. Mais
bientôt la chaleur devint accablante; une vapeur
dansait au-dessus des sillons; dans le lointain, les
sauterelles criaient à se rompre la tête; les cosses
des ajoncs éclataient avec un bruit sec. Il y avait à la
surface de la lande un grand bourdonnement qui
vous enveloppait et vous assoupissait.

Je pliai bagage, et je me réfugiai à l'ombre d'un
bouquet de chênes pour faire quelques études d'arbres.
Quand je commençai à dessiner, les rayons du soleil
faisaient étinceler les petites vitres d'une maison
de paysan que je n'avais pas encore remarquée.

VII

De l'endroit obscur où je m'étais réfugié, cette
maison, qui se détachait en pleine lumière, ne pouvait manquer d'attirer l'attention d'un peintre.

Au moment où j'en esquissais à grands traits la silhouette, qui se détachait sur une masse de nuages
argentés, un homme apparut sur le seuil de la petite
porte. Du premier coup je reconnus Louis Troënnec.
Il regarda la campagne, tira deux ou trois bouffées
de sa pipe, et rentra. Aussitôt je quittai mon bouquet
de chênes et je me dirigeai vers la maison. Voilà, me
dis-je, l'occasion de connaître enfin la femme de
Troënnec. Si elle est aussi belle que je me l'imagine,
je la prierai de poser quelques instants. J'ai comme

une idée que je lui devrai un de mes plus grands
succès.

J'arrivai, en franchissant quelques clôtures, jusqu'à la porte, qui était ouverte. Louis, à cheval sur
une escabelle, fumait sa pipe avec le laisser-aller
d'un homme heureux, en regardant un petit groupe,
composé de sa mère et de ses deux enfants. Le plus
jeune, à demi nu à cause de la chaleur, était dans
les bras de sa grand'mère, que j'aurais pu prendre
pour sa mère si je ne l'avais connue d'avance. La
sœur aînée faisait des agaceries à son petit frère. La
grand'mère souriait.

Je cherchai aussitôt Yvonne avec une curiosité
bien naturelle. Je dois l'avouer franchement, elle
était loin de répondre, extérieurement du moins, à
l'idée que je m'en étais formée. Elle était petite,
brune, vive, avec des mouvements un peu anguleux.
Ses yeux étaient intelligents et respiraient la bonté;
mais ils n'étaient pas d'une beauté extraordinaire.
Au moment où je franchissais le seuil, elle cherchait
quelque chose dans une armoire. Quand elle se tourna
de mon côté, j'éprouvai un véritable désappointe-
ment.

VIII

Louis ne me reconnut pas tout de suite, ce qui me
prouva que les dernières années m'avaient beaucoup
changé. Quant à lui, il était resté absolument le
même. Comme je lui en faisais compliment, il sourit
d'un air grave et me dit :

« Depuis que vous m'avez vu, monsieur, je ne puis
pas dire que j'aie eu un chagrin sérieux ; j'ai eu de la
paix et de la joie de tous les côtés. »

En disant ces mots, il désignait d'un geste très éloquent dans sa simplicité sa mère, sa femme et ses enfants.

« Vous me trouvez changé ? lui dis-je en riant.

— Beaucoup, » me répondit-il avec candeur.

Et il ajouta :

« Vous n'êtes pas marié ?

— Non. »

Il fit un signe de tête qui disait clairement : Alors cela ne m'étonne pas.

« C'est si bon, reprit-il tout haut, d'avoir une famille à soi ; s'il y a un bonheur possible sur la terre, c'est celui-là. »

Yvonne rougit, et la mère de Troënnec sourit d'un air de discrète approbation.

« Vous avez raison, lui dis-je ; mais avouez que tout le monde n'a pas la main aussi heureuse que vous.

— Peut-être, » reprit-il en regardant sa femme qui allait et venait, et vaquait silencieusement à tous les petits devoirs d'une bonne mère de famille.

Il se pencha vers moi, et ajouta d'un ton confidentiel :

« Pas un mot plus haut que l'autre depuis huit ans. De la gaieté du matin au soir. Un bon sourire quand on part, un bon sourire quand on revient. Bonne comme du pain, et courageuse ! Si j'ai un poids sur le cœur, il faut qu'il soit bien lourd pour qu'elle ne l'ôte pas à force de bonnes paroles. Je ne sais pas où elle prend tout ce qu'elle dit, ni d'où ses idées lui viennent. Elle sait parler aux enfants et s'en faire obéir, comme si elle les ensorcelait. C'est la même chose avec les grandes personnes.

— On ne vous voit plus là-bas ? lui dis-je en désignant du doigt le côté du village où était le cabaret.

— Qu'est-ce que j'irais y faire? Tout ce que j'aime est ici; tout ce qui me plaît et me réjouit le cœur est ici. Quand je sors, il me manque quelque chose, et je compte les heures jusqu'au moment de rentrer.

— Les affaires vont bien?

— Comment n'iraient-elles pas bien? Dieu merci, mes bras sont forts, et j'ai toujours fait de bonnes journées. Mais sa tête à elle vaut mieux que mes bras. C'est elle qui me donne des idées; c'est elle qui m'a appris l'économie. Je crois que nous pourrons bientôt monter un petit commerce de grains et de fourrages. C'est une idée à elle. Je me connais à ces choses-là, et elle sait tenir les comptes. »

Yvonne causait peu, du moins elle parla peu en ma présence; mais tout ce qu'elle dit était sensé, sage, simple, avec un caractère très remarquable de bonté et de distinction. Si elle était bien différente de l'image que je m'étais faite d'elle, je ne fus pas désappointé cependant, car il y avait en elle quelque chose de supérieur à la beauté. Je ne fus plus surpris de l'attrait mystérieux qu'elle exerçait sur tous ceux qui la connaissaient.

IX

La fréquentation de cette petite ménagère avait élevé l'âme de Troënnec. Elle avait ouvert son cœur et son esprit; elle lui avait fait aimer les jouissances et jusqu'aux sacrifices qui font du foyer domestique quelque chose de béni et de sacré, et de la vie domestique (trop rarement, hélas!) une sorte de paradis sur la terre.

Quand je quittai la ferme, Louis me reconduisit ; il avait affaire chez le taillandier.

« Votre mère paraît aimer beaucoup votre femme, lui dis-je.

— J'espère, me répondit-il, que vous ne voyez rien d'étonnant à cela ?

— Non, vraiment ; mais l'accord n'est pas toujours aussi parfait dans tous les ménages entre la belle-mère et la bru. Ou vous avez été bien habile, ou vous avez été bien heureux de donner une pareille bru à votre mère ?

— Je n'ai été ni l'un ni l'autre, me répondit-il en souriant. Je l'ai aimée et acceptée telle que ma mère elle-même me l'a choisie. C'est elle qui a tout fait, et que Dieu la bénisse pour ce qu'elle a fait. Voyez-vous, ajouta-t-il à voix basse, il y a eu un temps où, sans être un malhonnête homme, je ne valais pas grand'chose. Vous le savez bien, puisque vous m'avez connu dans ce temps-là. Il n'y avait qu'un bon sentiment en moi : c'est que j'honorais ma mère, comme cela nous est enseigné dans les commandements de Dieu. Elle a supporté bien des choses de moi ; mais elle ne m'a jamais abandonné. Elle a pleuré sur moi, elle a prié pour moi. Elle savait mieux que moi ce qui me convenait et ce qui devait me sauver. Voilà toute la vérité. »

Là-dessus, il entra chez son taillandier, et moi je regagnai mon auberge, tout pensif.

C'est l'année suivante que j'obtins la grande médaille à l'Exposition de peinture pour ma *Ménagère bretonne*.

LE DIEU PY

NOUVELLE

I

Mes amis m'ont reproché longtemps ma paresse et mon goût pour les singes. Quand je dis *paresse*, je n'emploie peut-être pas le mot propre ; c'est légèreté que je devrais dire. Je n'avais pas alors assez de persévérance pour pousser à bout un travail commencé. Je m'éprenais d'un sujet, je l'entamais avec ardeur ; puis tout d'un coup je me refroidissais sans savoir pourquoi ni comment ; je me comparais moi-même à ce malheureux Énée, lequel, sur aucun des rivages où il abordait, ne parvenait à fonder une ville et à s'installer définitivement. J'avais dans mes cartons : 1° le commencement d'un roman historique intitulé *Agnès Sorel ;* 2° l'esquisse d'un *Étude sur la philosophie des druides ;* 3° le plan d'une *Histoire de l'art chez les Étrusques ;* 4° le projet d'une *Exégèse de la Symbolique de Kreutzer.*

Ces monuments, dont un seul, s'il eût été achevé, aurait suffi à me faire un nom honorable dans le lettres, ne s'étaient jamais élevés plus haut que les premières assises. L'idée m'était venue récemment

de combattre mes défauts l'un par l'autre, c'est-à-
dire de mettre à profit mon amour pour les singes,
et de composer quelque ouvrage plein de science et
d'observations ingénieuses sur ces intéressants quadrumanes.

II

Le singe a toujours eu pour moi un attrait singulier. Il me semble que cette bête étrange garde mali-
cieusement par devers elle quelque secret important,
qu'elle révèlerait si elle daignait seulement prendre
la parole. Même tout jeune, le singe a quelque chose
de vieux et de désabusé; sa physionomie est toujours
sévère et mélancolique. Regardez un singe bien en
face; lui aussi vous regardera en face avec une gravité pleine de profondeur. Évidemment, il va parler;
il va vous instruire sur un point qu'il médite depuis
longtemps : à savoir, si c'est l'homme qui descend du
singe, ou le singe qui descend de l'homme. Sans
rien dire, sans cesser de vous regarder fixement, avec
une prestesse et une agilité d'autant plus grotesque
qu'elle contraste plus vivement avec la gravité imper-
turbable de son masque de sénateur, il se gratte mi-
nutieusement la troisième côte. Ou bien il s'élance
d'un bond aux barreaux de sa cage, se suspend par la
queue, et, la tête renversée, vous nargue de toutes
ses dents avec un ricanement diabolique.

Mes amis se moquent de ce qu'ils appellent ma
folie; ce qui ne les empêche pas de flatter mon
faible : ils ont augmenté bien souvent de leurs dons
le nombre de mes étranges pensionnaires. Il m'est
arrivé parfois de recevoir un macaque pour ma fête
ou un sapajou pour mon jour de naissance.

III

Un de mes amis qui revenait de Marseille m'envoya une fois par son domestique une grande cage avec ce petit billet :

« Cher ami, le gentleman ci-inclus a droit à toute ta sympathie et à tout ton respect. Il était dieu dans son pays, à ce que m'a conté le matelot qui me l'a vendu. Regarde-le un peu : c'est bien le cas de dire qu'il est laid comme un singe. Mais je sais que le singe le plus laid est évidemment le singe idéal. Il aura donc à tes yeux ce premier mérite. Il en a bien d'autres. Il vient de l'Inde en droite ligne; et, comme disait le matelot : « Les gens de là-bas sont si bêtes qu'ils adorent ces magots-là. Aussi il ne fait pas bon à leur donner la chasse. » Considère donc celui-ci comme un échantillon rare, et grand bien te fasse ! J'allais oublier de te dire que cette horreur exotique ne daigne donner quelques signes d'attention que quand on l'appelle *le dieu Py*.

Mon premier soin fut de me rendre le dieu favorable par des offrandes de fruits et de friandises. Le dieu était dédaigneux, et, quoi que je pusse faire, « il versait des torrents d'injures sur son obscur adorateur. » Ce fils du pays de la lumière était plus maussade et plus grognon qu'aucune des plus sombres divinités de la mythologie scandinave. On ne savait réellement par quel bout le prendre. Comme il avait des accès de toux, je fis venir mon médecin. Hélas! le dieu était atteint d'une maladie de langueur. Avait-il été exposé aux courants d'air dans cet immense couloir de la mer Rouge? Se

désespérait-il d'être retenu dans une indigne cap-
tivité? Était-il imbu des préjugés de ses compatriotes
contre la mer, et se figurait-il avoir perdu sa caste
et être tombé dans celle des parias par le seul fait
d'avoir mis le pied sur un navire? Quoi qu'il en soit,
un beau matin son âme de singe s'enfuit indignée,
et je n'eus d'autre consolation que de le faire em-
pailler. Je le plaçai sur un piédouche dans mon cabinet de travail, avec cette simple inscription : « Le
dieu Py. » Ce dernier devoir accompli, j'eus tout le
temps de songer au défunt, dont le nom singulier
me jeta dans toutes sortes de suppositions.

IV

Le dieu Py! me disais-je. Dans quel coin obscur de
la mythologie hindoue pourrais-je bien retrouver ce
mystérieux personnage? Est-ce une des mille incar-
nations de Vichnou? Est-ce un dieu antique qui a
laissé son nom à toute une race de singes sacrés?
Est-ce une divinité nouvelle introduite par quelque
secte moderne dans le monstrueux Panthéon de l'Inde?
Je résolus de m'enquérir au plus tôt du dieu Py. Qui
sait, me disais-je, si le hasard ne vient pas de me
mettre sur la trace de quelque découverte originale?
Je connaissais de vue quelques savants que l'on disait versés dans la littérature, l'histoire et la mythologie de l'Inde. Mon premier mouvement fut de les
consulter; le second fut de n'en rien faire. A quoi
bon attirer leur attention et leurs recherches sur un
point qu'il serait glorieux pour moi d'avoir abordé le
premier? L'esprit plein de ces pensées, je courus d'un
trait à la Bibliothèque de la rue Richelieu, et je me

jetai avec une sorte de voracité sur le catalogue.
Quand je demandai au conservateur ces interminables poèmes indiens qui ont déjà découragé tant
de lecteurs, il me regarda avec une pitié compatissante. Le garçon de salle qui m'apporta, en pliant
sous le faix, les énormes volumes, avait un petit air
narquois. Je remarquai que, tout en faisant son service, il m'observait du coin de l'œil, guettant sans
doute le moment où je m'endormirais, comme tant
d'autres s'étaient endormis avant moi. Cela me piqua au jeu. Je lus avec une attention soutenue jusqu'à la fin de la séance. Le garçon, surpris et presque
respectueux, mit les livres à part pour le lendemain.

Le second jour, j'étais observé par deux garçons
au lieu d'un. Le troisième jour, le conservateur me
sourit et m'adressa un petit signe de tête de bienveillance et d'encouragement. Quelque temps après,
les indianistes commencèrent à s'inquiéter : un rival
leur était né peut-être ! Je m'acharnais cependant à
ma lecture; je comparais les textes, je prenais
des notes, et j'éprouvais un plaisir singulier à vivre
quelque temps au milieu de ces créations fantastiques de l'imagination orientale. Chemin faisant,
j'appris beaucoup de choses que je ne m'attendais
guère à trouver dans ces œuvres que j'appelais autrefois un fatras indigeste. Donc je travaillais avec courage; mais du dieu Py, pas un mot.

V

L'épisode de la conquête de Ceylan par les singes
me mit sur une nouvelle piste. Si je devais rencon-

trei' le dieu Py quelque part, ce devait être parmi
cette bande de quadrumanes conquérants. Mais j'eus
beau interroger poètes, historiens, voyageurs, mytho-
logues, naturalistes, je ne trouvai pas trace du dieu
Py. En revanche, à force de parcourir Ceylan, je finis
par connaître ce pays mieux que l'île Saint-Louis ou
le quartier du Marais. N'eût été la sage défiance que
m'inspirait ma propre légèreté, et le souvenir de
tant d'œuvres entreprises par moi avec ardeur et
abandonnées avec dégoût, j'aurais sérieusement songé
à écrire quelque chose sur Ceylan. Pendant ce temps-
là, le dieu Py m'attirait toujours, et aussi m'échap-
pait toujours au moment où je croyais le saisir.

De guerre lasse, j'eus recours aux indianistes. Le
premier que j'interrogeai me lança un regard défiant
par-dessus ses lunettes, et me dit doctoralement qu'il
n'avait fait qu'effleurer cette question. Le second re-
mua la tête et déclara que la science moderne dirait
un jour là-dessus son dernier mot. Le troisième me
répondit simplement qu'il n'avait jamais rencontré
le nom du dieu Py dans ses recherches. Cette réponse
modeste et sensée me parut concluante, et je me promis fermement de ne plus penser au dieu Py. Pour me
consoler de ma mésaventure, j'écrivis une monographie de Ceylan qui, à ma grande surprise, fut honorée
des suffrages de l'Institut et me fit dans le monde savant une honnête petite réputation.

V

Un de mes anciens camarades, officier de marine,
qui se trouvait de passage à Paris, lut par hasard

mon nom sur la couverture de mon livre, s'enquit de mon adresse auprès de l'éditeur, et vint me demander à déjeuner un beau matin. Quand nous passâmes dans mon cabinet pour prendre le café et fumer un cigare.

« Tiens ! le dieu Py, dit-il aussitôt que j'eus ouvert la porte.

— Connaîtrais-tu le dieu Py ? m'écriai-je avec ravissement.

— Je connais même deux dieux Py, celui-ci et l'autre. Mais comment cet animal se trouve-t-il ici ? »

Je lui contai toute l'histoire, et je lui dis mes angoisses et mes recherches infructueuses. Il riait aux larmes.

« Mon bon ami, me dit-il, voici l'histoire authentique du dieu Py; tu feras là-dessus un savant mémoire pour l'Institut, si tu le juges convenable. Quand je me préparais à l'École de marine, le portier de la pension était un vieux bonhomme hideux, dont le nom était Py. Nous l'appelions le vieux Py, et par corruption *le dieu Py*. Comme ce dernier surnom le mettait en colère, naturellement il prévalut parmi nous. Pendant un voyage que mon vaisseau fit dans l'Inde, un matelot, au risque de se faire écharper par les indigènes, attrapa ce vilain animal que tu as là, et l'apporta à bord. Dès que le vis, je fus frappé de sa ressemblance avec notre vieux portier, et je l'appelai en riant le dieu Py. Le nom lui resta. Et voilà pourtant comment naissent les traditions ! Voyons, entre nous, es-tu bien sûr de n'avoir pas là, dans quelque coin, une dissertation bien savante, bourrée de textes, et pleine d'hypothèses ingénieuses et de vues neuves, sur le dieu Py, son culte et ses attributs ?

— Tu peux fouiller toi-même, lui dis-je en lui montrant le tiroir de ma table.

— Je te crois sur parole, reprit-il en riant. Mais ne trouves-tu pas charmant que ta monographie de Ceylan et ta réputaion soient sorties de tes recherches sur le dieu Py?

— Cela prouve simplement qu'il suffit d'approfondir un sujet pour s'y intéresser et y intéresser les autres. Le hasard m'a guidé cette fois; désormais ce sera la volonté. »

LE CHEMIN DIRECT

CONTE TOURANGEAU

I

L'*herbe au pivert* a la propriété de faire tomber le fer en poussière, et la vertu de faire trouver les trésors cachés et les stations diaboliques. On appelle ainsi, disent les Tourangeaux, certains creux assez voisins de la surface du sol, où le diable établit quelques diablotins ou diableteaux de noblesse inférieure, qui sont, comme nous dirions aujourd'hui, ses employés et ses représentants. Les uns tiennent registre des naissances, les autres des mariages, les autres des jurements, blasphèmes, scènes de cabaret, et adressent des rapports à leur chef, qui fait son profit de tout.

Quand on trouve l'herbe au pivert, c'est un grand hasard, et qui ne tire pas à conséquence, car le même homme ne peut ni la trouver ni s'en servir deux fois.

Cochard, de Loches en Touraine, l'avait trouvée, et tout le monde dans le pays vous dira ce qu'il en fit. Cochard était le fils d'un gros tonnelier de la rue Quintefol. Comme le bonhomme avait *de quoi*, il voulait faire de son fils un savant, à tout hasard, et sans se rendre bien compte, je crois, de la figure que peut faire un savant en ce monde. C'était son idée.

La passion de Cochard fils pour l'étude était fort modérée; mais il aimait deux choses avec ardeur: pêcher des goujons dans l'Indre, et faire la cueillette des champignons dans la forêt de Loches, qui est renommée pour ses champignons. Il savait mêler, comme on voit, l'utile à l'agréable, et de nos jours on eût dit de lui que c'était un garçon *pratique*. Il venait de faire un jour une superbe cueillette de ceps et de champignons roses; il nouait en sifflant les quatre coins de son mouchoir autour de son butin, lorsqu'il porta machinalement à sa bouche un tout petit brin d'herbe qu'il venait de cueillir. Un imperceptible parfum d'iris s'en dégagea : cette herbe, c'était l'herbe au pivert. Voilà donc Cochard fils à même de trouver des trésors. Il songea tout de suite aux ruines d'Orfont et aux richesses immenses qui y ont été enfouies, à ce que disent les gens du pays. Son premier mouvement fut d'y courir, en laissant là mouchoir et champignons; le second fut de terminer soigneusement et correctement le paquet commencé et de le prendre à la main.

Car, à supposer qu'il dût devenir tout d'un coup riche à millions, était-ce une raison pour se priver d'un excellent plat de champignons? Ainsi raisonnait Cochard, et il allait bon train, son paquet dans la main gauche, son herbe au pivert dans la main droite, qu'il serrait de toutes ses forces.

II

Orfont est une miniature de petit vallon à la lisière de la forêt de Loches, près de la route de Loches à Saint-

Quentin, avec une petite prairie délicieuse pour y jouer à colin-maillard, une petite source sombre sous les grands arbres, ridée de soudains frissons de lumière, et sillonnée d'araignées d'eau qui semblent n'avoir d'autre occupation au monde que de remonter le petit ruisseau. A deux pas de la petite fontaine, il y a un débris de mur informe, bien connu des chercheurs d'or, qui l'ont inutilement éventré de place en place. C'est là que Cochard vint s'asseoir, tenant le petit brin d'herbe entre ses dents. Une fois assis, il n'attendit pas longtemps: l'espèce de plate-forme où il était descendait lentement, sans secousse et sans bruit. Bientôt elle s'arrêta. Ce n'était point dans une cave à trésors, comme l'avait espéré Cochard : c'était simplement dans un poste à diables, ou, pour mieux dire, dans un bureau.

Sur un grand pupitre de bois blanc, tout sali et tout tailladé, s'étalait un énorme registre sous la lumière d'une lampe économique. Cochard se rappela avoir vu un registre semblable à l'hôtel de ville de Loches; c'est celui sur lequel M. Besnard, le greffier, inscrivait les naissances.

Assis sur une chaise dépaillée, un vieux diable râpé et fripé bâillait à se décrocher la mâchoire. Il portait des bouts de manches en lustrine pour protéger la peau des avant-bras; il avait aussi rejeté sa longue queue par-dessus le dossier de sa chaise, pour éviter les faux plis.

Inutile de lui demander son nom: dans l'ennui de ses longues heures de loisir, l'employé l'avait écrit ou gravé un peu partout: « Scribax », disait la table ; « Scribax », répondait le mur ; « Scribax », répétaient à leur tour le papier buvard et le garde-main.

Dans le fond du bureau, sur une espèce de banquette, un autre diable, plus jeune que le premier, ronflait sur le dos, la bouche ouverte.

« Cette musique me gêne, » dit Cochard avec un grand sang-froid.

Et, prenant sur le bureau une règle noire, il en donna un coup sec et bref sur le nez du dormeur.

Celui-ci tressaillit vivement, fronça les narines, secouant la tête comme pour chasser une mouche importune; puis, prenant son parti, il cacha brusquement son nez dans ses deux bras croisés.

On pourrait peut-être trouver Cochard un peu brusque; mais ce qu'il en faisait, ce n'était pas par méchanceté : c'est qu'il savait qu'avec les diables il faut toujours paraître à son aise.

« Qu'est-ce que c'est que ce garçon-là? dit-il à Scribax.

— C'est Rapax.

— Ah! bon! celui qui a été si bien joué par la femme de Jean Bourdon.

— Tout juste; il a été révoqué pour cela de ses fonctions de chasseur d'enfants; il recueille maintenant les âmes des ivrognes dans les fossés. Comme c'est demain la foire de Biard, il aura de la besogne, et il dort en attendant.

— Et toi, vieux Scribax, quelles sont tes fonctions? Car j'imagine que tu ne passes pas toute ta vie à écrire ton nom sur les murs et sur les tables.

— Oh! moi, je ne fais rien d'intéressant. »

En disant cela, il jetait une feuille de papier brouillard sur le registre, et croisait d'un air indifférent ses grandes pattes sèches par-dessus. Un maître coup de règle bien net lui fit ouvrir les mains plus vite qu'il ne les avait fermées, et Cochard s'empara sans façon du gros registre.

III

Le gros registre était plein de noms et de dates. Cochard suivait machinalement les lignes du bout du doigt, en marmottant. . Mahoudeau... Mouillefarine... Mouillefer... né le... mourra le...

« Tiens! tiens! » s'écria-t-il en devenant tout à coup très attentif.

Il chercha la lettre C. Il tournait les feuillets si brusquement, qu'il avait de la peine à trouver.

« Clochard! ce n'est pas cela; Crochard, c'est trop loin; ah! Cochard (Ernest), né le... c'est bien moi!... mourra le... Comment, je mourrai dans cinq ans! mais je n'ai que dix-sept ans! Ah! ah! vieux procureur, voilà pourquoi tu ne voulais pas me montrer ton registre. Allons, prends ta plume, et change-moi vite cette date, sinon... »

La règle se dressait menaçante. Le vieux Scribax cacha provisoirement ses mains, tout en protestant que cela ne dépendait pas de lui, et qu'il ne faisait que transcrire sur le registre les bulletins qu'on lui envoyait. Cochard ne savait trop que dire, lorsque en feuilletant le registre il aperçut, à côté d'un des noms, la mention suivante : *A obtenu une prolongation.*

« Comment, vieil hypocrite, on peut obtenir des prolongations de vie, et tu n'en dis pas un mot! Écoute-moi bien : si dans dix minutes je ne sais pas tout ce que je veux savoir, je te fracasse la tête avec ton écritoire de plomb, je mets le vieux registre en dix mille morceaux, et je te rôtis avec ta table et ta chaise! »

IV

Scribax ne se le fit pas dire deux fois, et, sautant sur une feuille de papier, il griffonna quelques mots ; puis, réveillant le malheureux Rapax, il le poussa par les épaules, avec ordre de porter le pli à son adresse et de rapporter la réponse.

Sur l'enveloppe, Cochard lut distinctement le nom de Bedonax.

« Oh ! oh ! dit-il, Bedonax, quel beau nom ! C'est au moins un chef de division, avec un ventre prépondérant, un nez rouge et un air insolent, hé ? »

Scribax ne jugea pas à propos de relever cette insinuation inconvenante.

Au bout de quelques minutes, Rapax était de retour, tenant à la main un papier d'apparence administrative.

Cochard l'ouvrit sans cérémonie. Le papier commençait par une malédiction en forme contre certains individus qui viennent déranger les gens au milieu des travaux les plus importants.

« Voilà pour moi, » dit Cochard en riant.

Le document contenait ensuite un blâme sévère infligé à la maladresse de certains subalternes qui ne savent pas se débarrasser des importuns.

« Et voilà pour moi, » murmura Scribax d'un ton piteux.

Le papier contenait, tout à la fin, le renseignement demandé. Il disait de chercher à la page 562 du tome XXXIIIe du *Recueil des actes*, et de comparer la *Circulaire* n° 2361 pour plus de clarté. Scribax atteignit les deux volumes dans une armoire, d'un air

ennuyé, et les tendit à Cochard pour qu'il en fît ce
qu'il jugerait convenable. Quant à lui, en véritable
employé, il laissa Cochard s'en tirer comme il pourrait, ne se souciant pas d'accroître sa besogne, de si
peu que ce fût.

Voici ce que Cochard entrevit à travers le patois
administratif des diables, qui a beaucoup d'analogie
avec le nôtre :

« La vie de tout homme a un but; quiconque en-
trevoit ce but et y marche tout droit, d'un pas ferme,
gagne du terrain et du temps; il peut se faire qu'il
en gagne assez pour franchir l'année où il devait
mourir, comme on franchit un fossé sur un pont:
alors, l'année fatale une fois passée, l'homme peut
vivre de longues années, et l'époque de sa mort peut
être indéterminée. »

Cochard recueillit méthodiquement ses petites
notes; après quoi il songea à prévenir ses amis et à
les faire profiter de sa découverte.

Après avoir pris les noms et les dates, il remit entre
ses dents l'herbe au pivert, commença à remonter
doucement, et fut bientôt sur le mur d'Orfont. Alors
il prit son paquet de champignons et rentra à Loches.

V

C'est à cette époque que l'on commença à parler
en ville du changement extraordinaire de Cochard et
de quelques-uns de ses amis. Il faut croire que l'idée
de la mort est bien puissante sur l'imagination, pour
produire des effets aussi surprenants. On ne les voyait
plus ni sur le mail, ni dans la prée, ni en forêt; ils
avaient dit adieu brusquement à tous les petits plai-

sirs d'autrefois; ils semblaient toujours craindre de
perdre seulement une minute, et n'avoir de goût que
pour les choses sérieuses et le travail acharné. Un
seul d'entre eux, le petit Terrier, ne s'émut pas trop,
et continua comme par le passé à mener de front le
jeu et le travail; bon garçon d'ailleurs, et toujours
prêt à faire plaisir aux autres.

Pourquoi n'était-il pas plus effrayé de la prédiction
de Cochard? Était-ce parce que son terme était plus
éloigné que celui des autres? Était-ce simplement
parce que son caractère était ainsi fait? Peut-être.
C'était surtout parce que son père était un homme
de grand sens, qui avait dû trouver de bonnes paroles
pour le rassurer. Chacun de ces garçons, en effet, que
la mort menaçait à époque fixe, avait consulté son
père sur les moyens de l'éviter. En quoi ils avaient
bien fait. Malheureusement, tous les pères n'ont pas
des idées également justes. Et, à ce propos, je m'é-
tonne que les gens, à mesure qu'ils prennent de l'âge,
soient si peu soucieux de se former le jugement. Mais
si ce n'est pas pour vous, mes bons amis, que ce soit
donc au moins pour vos enfants, qui sont tenus de
vous consulter avec confiance et de vous obéir avec
respect!

VI

Le bonhomme Cochard voulait être le père d'un
savant, c'était convenu; il profita donc de l'occasion
pour lancer Cochard fils, à corps perdu, dans la
science.

Vous pensez bien que le collège de Loches ne suffisait plus à ce membre futur de l'Institut. Le lycée

même de Tours fut jugé trop modeste: le fils du tonnelier s'embarqua pour Paris. Pendant deux ans, sous la direction des maîtres les plus habiles, il se prépara à entrer à l'École normale.

Toujours au travail, du matin au soir, et si on l'eût laissé faire, du soir au matin, c'était l'émerveillement des maîtres et la terreur des élèves du collège Charlemagne. Il entra donc, haut la main, à l'École normale; et comme il travaillait toujours avec la même fièvre, il sut bientôt tout ce qu'il faut savoir et même au delà. A la fin de sa troisième année, il passa un si brillant examen, qu'il fut nommé d'emblée, pour la rentrée suivante, à une chaire de rhétorique dans un lycée de Paris.

Voilà ce qui s'appelle faire son chemin; et universitairement parlant, ce n'est pas une année, mais bien cinq ou six que Cochard avait gagnées. Universitairement, oui; humainement, c'est autre chose. Trois jours avant son départ pour Paris, sur la fin des vacances, comme il pêchait dans l'Indre, il fut pris d'un petit frisson qui devint une fièvre fort bénigne. Le médecin répondait de tout; ce qui n'empêcha pas le pauvre agrégé de mourir dans les vingt-quatre heures. Il paraîtrait par là que le latin, le grec, l'histoire, et même la philosophie, ne suffisent pas à tisser solidement la trame de la vie.

VII

Quand le bruit de cette mort se répandit, ce fut un grand émoi parmi les survivants. Ceux qui avaient espéré, jusqu'à cette première épreuve, que la prédiction de Cochard n'était qu'une vision, furent vivement frappés. Même Étienne Bodeau, celui dont l'échéance était désormais la plus rapprochée, perdit un peu la tête, et se mit à boire.

A vrai dire, cela n'étonna pas trop le monde; bon sang ne peut mentir, dit le proverbe, et les Bodeau, de père en fils, ont la réputation de boire sec, et de n'en pas faire plus mal leurs affaires.

Le père Bodeau s'était beaucoup moqué, dans le temps, de l'histoire de Cochard et des résolutions généreuses de son propre fils.

« Vois-tu, Tienne, disait-il, il n'y a au monde que deux choses, faire honneur à ses affaires et boire sec; avec ça on va loin. Qu'est-ce que c'est que ces histoires de *gagner une année?* Gagne ta vie, mon garçon, c'est déjà bien joli. Si Cochard est mort, avoue qu'il ne l'a pas volé. Y a-t-il du bon sens de se tuer comme il l'a fait? Et son père qui le pousse, au lieu de le retenir! Allons! laisse cette mauvaise culture, à laquelle tu t'acharnes sans profit pour toi ni pour personne, et fais, comme ton père, le commerce des vins du Cher. »

Bodeau fils, cherchant un but à sa vie, s'était donné à l'étourdie la mission de fertiliser ces terres pierreuses qui sont au-dessus de Genillé, et dont personne ne veut. Les paysans se moquaient de lui, et Bodeau père se fâchait tout rouge en voyant son garçon gaspiller ainsi la fortune de sa mère. Il profita de la catastrophe de Cochard pour frapper un grand coup.

Il reprit un à un tous ses vieux arguments d'autrefois; l'âme faible d'Étienne, qui s'était appuyée sur l'exemple de Cochard pour maintenir ses résolutions, fut ébranlée par cette catastrophe à laquelle il ne comprenait rien; car enfin, n'est-ce pas une belle

chose que le travail? Ne peut-on pas faire beaucoup
de bien par lui? Et cependant Cochard était mort, lui
que l'on pouvait regarder comme l'incarnation du
travail, depuis sa visite à Orfont!

Les âmes faibles vont facilement d'un excès à l'autre.
Bodeau fils en était déjà à regretter sa naïveté, qui
l'avait jeté sans goût dans une entreprise sans avenir.
Après tout, le but de la vie était peut-être (pour lui
du moins) de marcher sur les traces de son père. Ce
dernier voyait bien qu'il l'emportait: « Allons, dit-il,
c'est aujourd'hui la foire de Luzillé; viens-t'en voir
comme on traite les affaires. Bon commerce, le commerce des vins! Tous ceux qui s'occupent de la vigne
sont bonnes gens et vivent longtemps; il y a plus de
vieux ivrognes que de vieux médecins. »

Bodeau père savait admirablement goûter lui-même
et faire goûter aux autres les produits de son commerce. Il passait pour un brave homme, rond en
affaires; l'ardente coloration de son nez et de ses
pommettes donnait à sa physionomie ce je ne sais
quoi de jovial et de plaisant que tant de gens prennent
facilement pour de la bonté. Certaines provinces sont
encore aujourd'hui d'une incroyable indulgence pour
ce vice repoussant de l'ivrognerie, et les gens semblent
avoir pris au sérieux la morale des chansons à boire.

Bodeau fils aimait son père; il le respectait, et il
le voyait entouré d'une sorte d'estime affectueuse: il
l'écouta donc. Il alla, lui aussi, trinquer à Luzillé;
il s'égosilla à discuter des marchés pour s'étourdir,
tapa dans la main des paysans (en Touraine on dit
des *bounhoumes*); il se dérida, puis devint tout à fait
gai; puis, à un moment, pleura sans savoir pourquoi;
puis s'endormit sans savoir où ni comment. Bodeau
père était fier de son fils.

Telle fut la première journée d'émancipation du jeune homme. A partir de ce moment, il ne manqua plus ni une foire, ni un comice agricole, ni un banquet de pompiers; il semblait qu'il voulût rattraper le temps perdu. Il avait bien par intervalles des idées noires; mais cela ne durait pas, ou du moins on ne s'en apercevait pas.

Un jour qu'il revenait du comice agricole de Montrésor, il versa dans un fossé. Rapax, qui le guettait depuis quelques mois, lui prit l'âme sans qu'il s'en doutât. Le médecin qui visita le corps dit que Bodeau était mort d'une congestion cérébrale. On ne manqua pas de remarquer qu'il était mort juste à son échéance. Les sages du pays disaient que, visiblement, l'homme n'est pas au monde seulement pour conclure honnêtement de bonnes affaires et pour travailler à se teindre le nez en pourpre.

VIII

Quant au jeune M. Chaplin, un autre camarade de Cochard, c'était un aimable garçon sans cervelle et sans cœur, riche à millions, ce qui n'est pas toujours un si grand bonheur qu'on se l'imagine.

Tout petit provincial qu'il était, retenu à Loches par la volonté d'un vieux père assez dur, il avait deviné Paris, et il ne songeait qu'au moment où il pourrait y vivre à sa guise. La confidence de Cochard ne fut pas sans l'émouvoir un peu; mais il ne fut pas longtemps indécis sur la route à suivre et sur la meilleure manière de gagner cette malheureuse année qu'il lui faudrait franchir.

Placé, comme autrefois Hercule, entre le plaisir et

la vertu, il n'hésita pas deux secondes, et laissa la
vertu se morfondre à loisir. Sur ces entrefaites, son
père mourut d'une attaque de goutte. Le charmant
Amédée partit pour Paris vingt-quatre heures après
l'enterrement, fit en peu de temps les plus brillantes
connaissances, ce qui l'amena naturellement à quelques petites concessions, comme, par exemple, à ne
plus signer Chaplin, mais C. des Entomeures, à pouffer
de rire quand on lui parlait de Cochard qui se tuait
au travail, à gaspiller enfin son temps et son argent
partout où un gentleman titré se doit à lui-même de
le gaspiller. Il comprit si bien le but de la vie, qu'à
trente ans, la tête vide, le cœur sec il alla subitement rejoindre ses pères par une belle nuit de car-
naval.

Autant que je puis croire, il était mort d'indiges-
tion. A Loches, comme l'attention était en éveil, on
remarqua sa mort, parce qu'on l'attendait presque à
coup sûr. Car, comme disaient nos bons Tourangeaux,
ce serait trop fort si le but de la vie était où visent ces
messieurs-là. A Paris, on ne fit pas plus attention à
cette mort qu'à celle de tous les autres jeunes gens
qui se tuent aussi sottement, chaque année, pour que
les habitués du boulevard parlent d'eux.

I X

La mort du sculpteur Larçay fit beaucoup plus de
bruit, et cela se comprend. C'est le seul de ce petit
groupe de jeunes Lochois qui soit sorti de son
obscurité, et qui ait pénétré en plein dans la vraie
gloire. Tout le monde se rappelle le Salon où parut
sa dernière œuvre. C'était une très belle statue qu'il

avait expédiée de Naples où on le disait souffrant. Le
public et les artistes, chose étrange, furent d'accord
une fois pour dire que c'était la merveille de la sculpture
contemporaine. On apprit la mort de Larçay le jour
même où on lui décernait la grande médaille d'honneur et où l'Institut lui ouvrait ses portes.

Alors l'admiration se changea en ferveur : c'était
un pieux pèlerinage que l'on accomplissait devant
l'œuvre de l'artiste mort. Tout en lui était intéressant :
son génie, sa modestie, son double succès, son
malheur. On racontait sur lui une légende touchante.
Travailleur acharné, longtemps obscur, il avait inspiré une vive passion à une princesse italienne qui
lui avait tout simplement demandé sa main.

Et il était mort ! Mais alors qu'est-ce donc que le
génie, le travail, la gloire, le bonheur même, qui n'a-
vait pu le préserver du coup fatal ? A propos de cette
mort, qui fut un deuil public non seulement à Loches,
où Larçay avait encore sa famille, mais dans toute la
France, la vieille Mlle Flabaut, la sœur du principal
du collège, personne pieuse et sensée, prononça une
parole qui fut remarquée. Elle dit que les êtres
extraordinaires vont peut-être au but moins droit
que les autres, à force de vouloir se tourmenter, qu'il
convient à la justice et à la bonté de Dieu que le
chemin soit ouvert aux humbles et aux petits, et que
c'est peut-être de leur côté qu'est le vrai passage,
sans tant d'efforts et de tracas.

X

Quillard, fils du pharmacien de la place du Marché,
était devenu le docteur Quillard, médecin phraseur et

philanthrope, bien connu à dix lieues à la ronde. On
venait le consulter de Châtillon-sur-Indre et de
Buzançais. Non content de guérir gratuitement les
pauvres gens, il les habillait, il les nourrissait ; tout
le monde savait que ses charités étaient immenses.

Depuis la révélation de Cochard, il avait cherché à
bien remplir sa vie. Simple apprenti pharmacien à
cette époque, il pilait des drogues, mélangeait des
sirops et collait des étiquettes, sans rêver un autre
sort que celui-là. L'annonce de sa mort à jour fixe lui
fit une telle peur, que son âme de pharmacien en fut
bouleversée et agrandie.

Il trouva son rôle mesquin et égoïste, il eut soif de
dévouement ; au delà des bocaux paternels, il entrevit
un champ plus vaste et plus fécond, celui de la méde-
cine. Toujours en mouvement, il ne rêvait que plaies
et bosses pour avoir le mérite de les guérir, et il
aurait volontiers souhaité une épidémie pour avoir le
bonheur de sauver par centaines ses concitoyens des
deux sexes.

Malheureusement, à Loches le climat est sain, les
crimes sont rares ; le docteur cherchait des compen-
sations. Il allait aux incendies et rôdait volontiers du
côté de la rivière, dans l'espérance de sauver quelque
nageur imprudent. Un jour, à un endroit dangereux
de l'Indre qu'on appelle *les Brèches*, il eut le bonheur
de se jeter tout habillé à la nage pour tirer du courant
un charpentier qui se noyait.

Eh bien, croyez-le si vous pouvez, sa science doc-
torale, ses bienfaits, son acte de dévouement, en
purent le sauver : il suivit les autres, au grand scandale d'une partie du public, qui disait que celui-là
du moins avait mérité de vivre. Des gens sages
cependant hochaient la tête, et disaient que certai-

nement le docteur Quillard avait fait du bien, et qu'il lui en serait tenu compte ; mais que la vraie charité est plus modeste, surtout plus désintéressée ; que le docteur mettait à toutes choses l'emportement et la fougue d'un homme pressé de payer une dette ou une rançon.

Un acte de dévouement est toujours un acte de dévouement, mais on loue plus ceux qui se dévouent par sympathie, par pitié, par bon cœur, mettons par devoir, que ceux qui se dévouent pour un prix, quel qu'il soit. En se jetant à l'eau aux Brèches, Quillard songeait à son échéance, et c'est ce qui a dû gâter son affaire. La question était vivement discutée au café de l'Hôtel-de-Ville.

« Il s'est risqué, il me semble que c'est l'essentiel ! criait Boireau, le marchand de papiers peints de la Grande Rue ; c'est chercher midi à quatorze heures que de se demander s'il songeait à autre chose. Vous autres, qui parlez si bien, vous n'en auriez pas fait autant. »

Comme il criait très fort, il était devenu tout rouge, et il s'étranglait en avalant de travers sa chopine de vin blanc.

L'horloger Trinquesse, homme de sens, et qui avait de l'instruction, ôtant tranquillement sa pipe de sa bouche, lui dit :

« Ne vous fâchez pas, Boireau, personne ne dit que le docteur n'ait pas été un brave homme, et la question n'est pas là, vous le savez bien. Vous étiez son ancien camarade et son ami, et je vous en fais bien sincèrement mon compliment. Il était très honoré, et il le méritait bien ; car, comme vous le dites, les services qu'il a rendus sont et demeurent rendus ; et bien ingrat qui ne lui en serait pas reconnaissant. Mais cela n'empêche pas la distinction qu'il y aura toujours entre un service rendu par devoir et un service rendu par intérêt.

— Je ne vois pas bien, moi...

— Écoutez ce que je vais vous dire; je ne l'invente pas, c'est une histoire vraie que je lisais il n'y a pas longtemps. Un général se trouve un jour en présence d'une position si difficile à emporter, qu'il sera obligé de sacrifier ses meilleurs soldats. Il fait venir cinquante grenadiers d'élite. « Mes amis, leur dit-il, je vous envoie à une mort presque certaine. Voici cinquante louis à partager entre ceux qui reviendront. — Mon général, dit le plus âgé de la troupe, *c'est trop chaud pour de l'argent...* mais vous n'avez qu'à commander ! »

— Eh bien? dit Boireau.

— Eh bien, reprit Trinquesse, ce grenadier-là savait la différence qu'il y a entre se faire tuer par intérêt et se faire tuer par devoir, et ses camarades l'ont parfaitement compris comme lui. »

Voilà ce qui se disait à Loches à propos de la mort du docteur Quillard.

XI

Lorsque à son tour Terrier, devenu M. Terrier, modeste magistrat, fut sur le point d'atteindre la limite, ce fut à Loches une grande émotion. Les uns pensaient qu'ayant toujours été le modèle des honnêtes gens, l'homme du devoir de tous les jours, il triompherait du sort; les autres disaient que sa vie avait été si simple et si unie qu'il n'y avait pas là pour lui, plus que pour tout autre, matière à gagner une année.

Quelques-uns de ces Anglais qui se sont établis dans notre jolie Touraine ouvrirent des paris. Quant à

Terrier lui-même, il attendait avec une certaine inquiétude depuis que l'année était commencée. Il ne pouvait s'empêcher de songer qu'il avait encore des enfants à établir, et que sa femme, la chère âme, aurait trop de chagrin de le voir partir, après tant d'années d'une union si tendre et si dévouée ! Mais il raffermissait son cœur en pensant que nous sommes tous dans la main de Dieu.

Un jour qu'il arrosait ses pétunias, un homme vint, qui se déclara pressé, et voulut lui parler sans délai; c'était pour affaires graves. Quand ils furent assis dans le cabinet :

« Je m'appelle Scribax, » dit l'homme.

Terrier s'inclina légèrement sans rien dire. Ce nom ne pouvait rien lui apprendre; Cochard n'avait pas pu le révéler, vu qu'il n'en avait pas le droit. Son mouvement pouvait se traduire ainsi :

« Vous avez là un joli nom; mais pardon, que puis-je faire pour vous ? »

Les magistrats sont exposés à beaucoup de visites importunes.

« C'est moi, dit l'étranger en regardant le juge bien en face, qui tiens les registres d'Orfont; c'est moi qui ai été chargé d'examiner *tous les autres*, et qui viens m'entretenir un peu avec vous. »

Cette fois-ci, le pauvre juge pâlit; je vous dis la chose comme elle est; il eût été bien plus héroïque de sa part de ne pas pâlir, mais le fait est qu'il pâlit. Scribax tira un carnet de sa poche et sembla se rafraîchir la mémoire en relisant quelques notes.

« J'ai entendu dire du bien de vous, murmura-t-il à demi-voix; mais les jugements des hommes sont, en général, si sots et si téméraires, que je suis bien obligé d'examiner les choses par moi-même. »

Quant à l'honnête Terrier, la première émotion passée, il recommanda son âme à Dieu, et, du fond du cœur, envoya ses plus ardentes bénédictions aux chères créatures qu'il ne reverrait peut-être plus. Redevenu maître de lui, il dit d'une voix basse, mais ferme :

« Je suis prêt à répondre.

— Regrettez-vous la vie ?

— Je la regrette beaucoup.

— Alors, vous avez peur de mourir ?

— Peur ! je ne crois pas : je suis préparé depuis longtemps à mourir ; mais peut-être que je n'ai pas l'âme très héroïque, car je sens qu'il m'en coûte beaucoup de quitter tout ce que je quitte.

— C'est bon, dit Scribax, passons là-dessus. »

Et il se pencha sur son carnet pour griffonner quelques notes.

« Qu'avez-vous fait de remarquable dans le cours de votre vie ?

— Absolument rien, je dois l'avouer.

— Êtes-vous riche ?

— Non.

— Avez-vous négligé les occasions de vous enrichir ?

— Je crois bien avoir été ce qui s'appelle timide, en plus d'une occasion. Des amis plus hardis que moi m'ont raillé de ma prudence. L'un d'eux m'avait proposé de doubler ma fortune en même temps qu'il doublait la sienne.

— Honnêtement ?

— Honnêtement, sans doute... mais...

— Mais quoi ?

— Je pensais plutôt à ceux qui perdent leur fortune qu'à ceux qui la doublent : j'ai songé à ceux qui m'entourent, et je n'aurais voulu pour rien au monde exposer leur pain.

— Pourquoi, à votre âge, n'êtes-vous pas plus avancé dans la carrière que vous avez suivie? Tous vos anciens amis habitent les grandes villes et sont devenus des dignitaires.

—D'abord, je crois qu'on m'a toujours traité selon mon mérite; j'aurais pu d'ailleurs obtenir ce qu'on appelle avancement en quittant Loches, ce que je n'ai jamais voulu faire. Vous voyez donc bien que je n'ai pas à me plaindre. C'est une idée de mon père qu'il faut arranger sa vie pour son bonheur, et non pour sa vanité; que l'avancement, comme vous l'entendez, est une question peu importante, quand on trouve à vivre honorablement d'ailleurs et qu'on peut satisfaire ses goûts et ceux de sa famille. Notre vie a été réellement très heureuse ici; mon père est mort dans cette maison qu'il aimait et qu'il avait rendue charmante; je m'y plais beaucoup, et j'espère y mourir aussi; mes enfants ont été élevés dans ce jardin, et je les y ai toujours vus si heureux et si gais, que je n'ai pas eu le cœur de les emmener dans quelque appartement de grande ville pour le petit plaisir de mettre un peu plus d'hermine à ma toge et un galon d'or à ma toque. Je ne suis pas riche, c'est vrai, mais voyez-vous, à Loches, cette petite aisance est presque une fortune. Je ne suis pas grand dignitaire, mais de combien de soucis je suis délivré! J'ai là des lettres de quelques-uns de mes anciens camarades: eh bien! ils envient pour la plupart mon obscurité heureuse et tranquille. J'arrose mes fleurs, je taille ma vigne; j'ai de bons amis, de bons livres, et les gens d'ici me respectent tel que je suis, en souvenir de mon père. Ma femme est pour moi une douce et chère compagne, la confidente de tous mes secrets: nous ne sommes pas de ce siècle affairé et ambitieux. Quant à mes fils, je les ai élevés de mon mieux, et ils sont notre espérance et notre consolation ; fussent-ils les fils du garde des sceaux en personne, ils ne pourraient être plus instruits. Les voilà donc à même de gagner de l'argent, et de faire fortune si le cœur leur en dit. Ils sont honnêtes gens, et c'est le principal. Nos filles sont la joie et l'orgueil de la maison, mais notre joie et notre orgueil de famille n'ont jamais humilié ni blessé personne. Elles sont bonnes ménagères comme leur mère, jolies, douces et sensées. L'aînée est bien mariée ; l'autre attendra patiemment son tour. Viendra-t-il ? Je vous avouerai que je l'espère, et que j'ai de bonnes raisons de l'espérer. Si elle doit rester fille, il n'y a là ni honte ni malédiction ; elle vivra avec nous tant que nous serons là ; plus tard, avec l'un de ses frères, celui qu'elle voudra choisir, et je doute qu'elle puisse trouver des cœurs qui l'aiment plus que ceux-là. Car nos enfants sont aussi bons entre eux qu'ils sont tendres avec nous. »

Une chose que le brave homme n'ajoutait pas, c'est que toute la ville le tenait en vénération, et que tout dernièrement, à propos d'un grave accident qui avait mis sa vie en danger, on lui avait donné de toutes parts de ces témoignages de sympathie et de respect dont un prince eût été fier.

« Mais enfin, dit Scribax en l'interrompant, la vie n'est pas un paradis, et vous devez bien avoir éprouvé quelques chagrins.

— De grands chagrins ! répondit Terrier d'une voix émue ; mais ne sais-je pas bien que la vie est un mélange de biens et de maux ? Je n'ai pas plus qu'un autre la prétention d'être à l'abri du malheur. J'ai perdu mes excellents parents ; j'ai enterré un enfant, un fils qui promettait d'être ce que les autres sont devenus. Ni sa mère ni moi ne sommes consolés, mais nous sommes résignés. Je crois vraiment que cette perte-là nous a rendus meilleurs et plus tendres les uns pour les autres : être heureux ensemble, c'est un lien bien fort ; partager les mêmes douleurs et les mêmes angoisses, c'est un lien bien plus fort et bien plus sacré !

— Mais savez-vous, monsieur Terrier, que vous êtes un profond philosophe ?

— Non, je suis, je crois, grâce à mon père, un homme raisonnable. J'ai eu le bonheur d'avoir pour père un homme bon et sensé ; je l'aimais de tout mon cœur, j'ai écouté ses conseils, voilà tout. J'ai tâché de rendre à mes enfants ce que j'avais reçu de lui. Vous voyez qu'il n'y a pas lieu d'employer, pour une chose si simple, ce grand mot de philosophie. »

L'entretien dura encore longtemps, et Scribax prenait toujours des notes. Quand il rédigea son rapport, il conclut à la prolongation. « Les autres, disait-il, ont tous manqué leur vie pour n'avoir songé qu'à éviter la mort ; celui-ci, dont toute la vie a été une préparation à la mort par la pratique naïve du bien et l'accomplissement du devoir obscur de toute heure, a mérité de vivre. »

La prolongation fut accordée.

Les gens du pays ont profité de toutes ces expériences, et tous les voyageurs vous diront que Loches est la plus charmante petite ville qui soit à deux cents lieues à la ronde.

LE SECRET DE LOUIS BOURACAN

I

Le père de Louis Bouracan était un vieux joueur
endurci; Louis Bouracan était un jeune ivrogne de la
plus belle espérance : voilà une jolie famille! Louis
Bouracan faisait partie de la *Société du coude en l'air*,
qui tenait ses séances le lundi, et souvent le mardi,
chez les cabaretiers, marchands de vin, gargotiers et
autres empoisonneurs. Les membres de cette société
d'intempérance étaient tous des scieurs ou des tailleurs de pierre, des maçons ou des ornemanistes du
chantier Verdier.

Après avoir fait ripaille pendant deux jours sur sept,
ces aimables personnages arrivaient au chantier en
s'étirant les bras, les yeux gros comme des œufs, le
visage échauffé, le nez rouge, et se plaignant tous
d'un certain malaise dans les cheveux. Ils étaient plus
disposés à regagner leur lit et à boire de la tisane
qu'à manœuvrer la scie et le marteau.

Parmi des buveurs si distingués, Louis Bouracan
trouvait encore moyen de se faire remarquer. Dans un
concours d'ivrognerie entre la *Société du coude en*

l'air et celle des *Altérés* (composée de charpentiers et
de couvreurs), Louis Bouracan avait battu d'une de-
mi-bouteille d'eau-de-vie le plus fort buveur des *Altérés*.

II

Le père Bouracan, cocher chez le comte de la Rive,
aurait pu mettre de l'argent du côté; mais sa poche
était percée. Il n'avait pas plus tôt touché ses gages qu'il
courait les perdre dans un cabaret borgne où se réu-
nissait, pour tricher au jeu, une société choisie de
mauvais drôles, de voleurs de chiens et d'escrocs.
Plus il perdait, plus il s'acharnait au jeu. Tous les
joueurs sont comme cela.

La femme du cocher était morte de bonne heure,
malheureusement pour son mari et pour son enfant.
Abandonné à lui-même, comme un petit chien ou un
petit chat, le petit Louis s'était élevé comme il avait
pu, et il était devenu le plus bel ornement de la *Société du coude en l'air*.

Plusieurs fois le vieux joueur, ayant perdu jusqu'à
son dernier sou, vint s'adresser à son fils. Mais l'autre
n'avait jamais d'argent à lui donner : le marchand de
vin savait bien pourquoi. Dans ces occasions, le père
Bouracan se fâchait tout rouge, il traitait Louis de
mauvais fils, et lui reprochait son ivrognerie en termes
si durs, que si Louis n'avait pas été bon garçon au
fond, il lui serait peut-être arrivé de manquer de respect à son père.

Il aurait pu lui faire remarquer qu'un joueur n'est
guère bien venu à sermonner un ivrogne, attendu que
les deux font la paire; qu'il y a une parabole de l'É-

LA SOCIÉTÉ DU COUDE EN L'AIR.

vangile où il est parlé de certaines gens qui voient
une paille dans l'œil du voisin, et qui n'aperçoivent
pas une poutre dans le leur ; enfin une foule de choses
qui auraient été vraies, mais déplacées, étant dites
par un fils à son père. Louis laissait gronder l'orage
et ne soufflait mot. C'était encore ce qu'il avait de
mieux à faire.

III

Un jour, ou plutôt un soir, que le vieux joueur
était à son tripot, et s'efforçait, comme toujours, de
rattraper son argent, il le rattrapa de telle façon qu'il
vit partir jusqu'à sa dernière pièce de dix sous. Le
voilà qui perd la tête et qui accuse, en grinçant des
dents, celui qui jouait contre lui d'avoir triché.

L'autre se fâche, répond de gros mots ; des mots on
en vient aux coups ; et, au milieu d'un fracas effroyable
de tables renversées et de fenêtres mises en pièces,
les comptes se règlent à grands coups d'escabeau.

L'adversaire eut le crâne quelque peu fendu ;
quant au cocher, il tomba avec je ne sais combien de
côtes enfoncées, et les reins brisés.

Louis était au cabaret, en train d'entamer sa troisième bouteille, quand on vint le prévenir que son
père était couché, mourant, dans un lit d'hôpital.
Cette nouvelle le dégrisa ; car, malgré tout, il aimait
son père. Il courut à l'hôpital, et y trouva le blessé
entouré d'infirmiers, avec une sœur de charité à son
chevet.

« C'est son fils, dit quelqu'un à demi-voix. »

Et tout le monde s'écarta discrètement.

— Ah ! c'est toi, mon garçon, dit le vieux cocher

d'une voix si affaiblie que Louis sentit le cœur lui
manquer. Je suis bien bas. N'importe, je suis content
de te voir, parce que... Quel mauvais père j'ai été!
Comme je t'ai mal élevé! sois bon garçon, pardonne-
moi.

— Ne dites pas cela, mon père, reprit le fils dont
la voix tremblait et qui faisait de vains efforts pour retenir ses larmes ; ne dites pas cela, vous...

— Je dis ce qui est vrai, malheureusement... mais
il y a autre chose. Penche-toi, mets ton oreille tout
près de ma bouche ; personne ne doit entendre ce que
j'ai à te dire... Bien ! »

Et il lui parla à voix basse ; à mesure que le mourant parlait, le scieur de pierre rougissait, pâlissait,
et tremblait de tous ses membres.

« M'as-tu compris? dit le père avec effort.

— Oui, mon père.

— Feras-tu ce que je t'ai demandé?

— Je le ferai.

— Je meurs plus tranquille. Tu es un bon fils; par-
donne-moi et souviens-toi. »

IV

Les camarades de Bouracan furent étonnés du changement qu'ils remarquèrent en lui. Mais ils se dirent
en secouant la tête :

« C'est la mort du bonhomme qui l'a bouleversé. »

Et on laissa passer une quinzaine sans lui parler de
rien.

Le premier qui lui proposa de retourner au cabaret
fut tout surpris de l'entendre répondre d'un ton doux,
mais ferme :

— Merci, je ne peux pas !

— Est-ce que ton père t'a fait promettre de n'y pas revenir ?

— Non, répondit-il en rougissant ; mais, bien vrai, mon vieux je ne peux pas ! Encore une fois, merci ! »

Cette réponse, rapportée à la première réunion de la Société, fit scandale. Les plus enragés parlaient de mettre Louis en quarantaine.

Un vieux maçon, qui depuis trente ans se grisait chaque semaine, avec un ferme propos de se corriger à partir du lundi suivant, se leva de sa chaise. Il avait une petite figure ratatinée qui paraissait avoir été taillée dans un marron d'Inde et placée ensuite par mégarde sur son corps d'Hercule, si peu de cheveux sur la tête que ce n'était pas la peine d'en parler, et pas de barbe du tout. Son costume se composait d'un pantalon d'artilleur et d'une tunique de fantassin : ces deux objets de toilette étaient arrivés au dernier degré de la décrépitude. Ce bonhomme donna un grand coup de poing sur la table pour réclamer le silence ; mais cela ne suffit pas.

« Eho ! » cria-t-il aussi fort que s'il était perché au quatrième étage d'une maison en construction, et qu'il eût besoin d'avertir le goujat de monter du mortier.

On se tut, et il dit :

« Qui est-ce qui parle de quarantaine ? Est-ce que Bouracan s'est montré mauvais camarade ? »

Les uns crièrent oui, les autres braillèrent non ; un troisième parti hurla n'importe quoi, afin de faire le plus de bruit possible.

« Refuse-t-il de donner un coup de main aux camarades pour retourner les pierres, ou charger les camions, ou quelque chose comme cela ?

A la droite de l'orateur se tenait accroupi sur un tabouret un méchant petit manœuvre, rageur comme tous les roquets, avec de mauvais yeux obliques et étroits, les cheveux coupés ras, beaucoup de taches de rousseur, et un véritable museau de renard. Le roquet cria d'une voix aigre :

« Il ne manquerait plus que cela !

— Clos ton bec ! » dit le vieux maçon.

Et pour être plus sûr que le bec en question serait clos, il emprisonna dans sa grande main le nez et le menton du rousseau, qui se trouva muselé du coup.

Les autres se regardèrent, et finirent par convenir que Bouracan n'avait jamais refusé de donner un coup de main à un camarade.

— Suffit ! reprit le vieil ivrogne. Alors il n'y a qu'à le laisser tranquille. Liberté pour tout le monde ! S'il n'aime plus le vin, c'est un grand malheur pour lui; mais il est libre de ne plus boire. »

Puis, clignant un œil pour se donner un air fin, le maçon ajouta :

« Nous sommes de taille à boire sa part; le diable n'y perdra rien. A la vôtre ! »

Et, levant le coude à la hauteur de l'épaule, il avala le contenu de son verre avec une remarquable précision. Les autres l'imitèrent. Puis on demanda des œufs durs et des harengs saurs, parce que la soif commençait à s'émousser, et on ne parla plus de cette affaire.

On laissa Louis suivre tranquillement la nouvelle voie où il semblait vouloir s'engager.

V

Eh bien, la vérité vraie, c'est que Louis n'avait pas du tout perdu le goût du vin. Plus d'une fois, le soir,

il vint rôder aux environs du cabaret, où l'on voyait la
lumière crue du gaz se refléter sur les rideaux rouges,
et où l'on entendait les cris et les hurlements de la
Société du coude en l'air. Il avait des regrets, il éprou-
vait des tentations. Plus d'une fois il fut sur le point
d'ouvrir la porte et de dire :

« Ma foi! me voilà revenu! »

Quel est donc l'homme qui se corrige du jour au
lendemain? Et puis il s'ennuyait tout seul. Il ne savait plus que faire de toutes ces heures qu'il passait
autrefois en si bonne compagnie. Mais sa volonté était
plus forte que sa passion. Il n'allait plus au cabaret,
parce qu'il n'y voulait plus aller; il s'était mis en tête
de faire des économies, d'amasser de l'argent. Il trouvait que le vin, même le vin à bon marché, coûte toujours trop cher, du moment qu'on n'a plus soif.

Les premières semaines, une mauvaise honte l'empêcha d'aller au chantier le lundi. Puis, quand il eut
bien retourné la question dans son esprit, il lui sembla qu'il n'y avait pas de mal à travailler le lundi, surtout quand on s'ennuie tant à ne rien faire; une raison
le décida tout à fait : le temps perdu est de l'argent
perdu. C'est pourquoi, le lundi suivant, il alla tranquillement scier de la pierre.

L'entrepreneur, qui passait par là dans son petit
cabriolet crotté, eut l'idée de descendre et de donner
un coup d'œil au chantier. Il fut tout surpris d'entendre le bruit d'une scie, un lundi.

« En voilà un qui se débauche, dit-il en riant au
gardien du chantier. Sans savoir qui, je parierais, les
yeux fermés, que ce n'est pas Bouracan.

— Eh bien, vous perdriez, dit le gardien en cares-
sant le cou du cheval, car c'est justement Bouracan.

— Pas possible! reprit l'entrepreneur.

Et, ramassant un brin de paille qui se trouvait à sa portée, il se mit à le mâcher lentement. C'était sa manière de réfléchir : chacun a la sienne. Quand il eut bien mâché son brin de paille, il dit :

« Il faut que je voie ça pour le croire ! »

VI

— Eh bien, quoi ? » dit-il en donnant une bonne tape sur l'épaule de Bouracan, qui ne l'avait pas entendu venir.

L'ouvrier se leva brusquement de son chevalet, et porta la main à sa casquette.

« Tu es donc vraiment ici ? dit l'entrepreneur en éclatant d'un bon gros rire.

— Le fait est que j'y suis ! reprit l'ouvrier en souriant d'un air embarrassé.

— Est-ce que tes camarades t'ont mis en quarantaine !

— Oh non ! monsieur Verdier ; au contraire, les camarades sont très gentils pour moi.

— Alors c'est une gageure ?

— Oh non ! monsieur Verdier, c'est une idée qui m'est venue comme ça.

— Mais alors c'est une conversion ? hein ?

— Je ne veux pas vous mentir, monsieur Verdier ; j'aimerais mieux être avec eux que d'être ici... mais...

— Mais quoi ?

— Mais je ne peux pas y aller.

— Pourquoi ça ?

— Parce que je ne peux pas, parce qu'il faut que je gagne de l'argent.

— Tu te maries ?

— Je n'y ai pas seulement songé.

— Tu veux te faire entrepreneur?

— Oh! vous dites ça pour vous moquer de moi. »

M. Verdier rejeta son chapeau en arrière (signe de
mauvaise humeur) et regarda fixement le gilet de
l'ouvrier; ses deux mains étaient passées sous les pans
de sa redingote, et il se balançait sur ses pieds, d'avant
en arrière. Il attendait quelque confidence. Comme
la confidence ne venait pas, il s'en alla en sifflant. Pour
quiconque se connaît en sifflements, celui-là voulait
dire clairement : « Tu as des secrets; tu ne veux pas
les dire. A ton aise, mon garçon! »

Comme M. Verdier était un gros petit homme très
colérique, il se jeta brusquement dans son cabriolet
qui pencha tout d'un côté, et il allongea un coup de fouet
bien sec et bien cinglant sur l'oreille gauche de Cocotte, sans doute pour la punir de ce que l'ouvrier n'a-
vait pas voulu dire son secret.

VII

Il n'y a pas de loi qui empêche les gens de faire des
réflexions et des suppositions. Aussi les maçons et les
tailleurs de pierre ne se gênaient pas pour en faire de
toutes les couleurs au sujet de Louis. Ces messieurs,
comme il arrive à tous ceux qui se mêlent des affaires
d'autrui, se montrèrent généralement peu charitables,
et soupçonnèrent tout, excepté la vérité.

L'opinion dominante était que Bouracan tournait à
l'avarice. Il se nourrissait comme un chien, il ne buvait que de l'eau, il rapiéçait lui-même ses habits de
travail : donc c'était un avare. Ils auraient été confir-
més dans cette opinion s'ils avaient vu comme leur

camarade comptait et recomptait sans cesse le petit
magot qu'il avait amassé avec tant de peine, au prix
de tant de privations, et trop lentement à son gré.

D'un autre côté cependant, s'ils avaient été plus
habiles à lire le caractère des gens sur leur physionomie, celle de Bouracan aurait dû leur faire croire
qu'ils se trompaient.

Il n'y a pas à dire non : un homme qui est possédé
d'une passion finit toujours par avoir la physionomie
de cette passion. Que vous le vouliez ou que vous ne
le vouliez pas, cela se passe toujours comme cela.
Quelqu'un a dit avec raison que chacun de nous finit
toujours par avoir la figure qu'il mérite. Il me semble
que cela doit nous donner à réfléchir.

La physionomie d'un ivrogne, par exemple, devient
en très peu de temps une véritable enseigne de cabaret. Celle de l'avare est toute différente. Son teint se
plombe, son nez se pince peu à peu ; le coin de ses
yeux s'entoure de mauvaises petites rides, fines comme
des entailles de rasoir, et toutes pleines de méfiance
et de mauvais vouloir ; les yeux deviennent froids, durs
et perçants ; les coins de la bouche se contractent
comme chez les gens qui font un pénible effort ; les
lèvres se serrent, et l'ensemble de la physionomie ex-
prime le soupçon, la défiance, le dédain de tout ce qui
n'est pas l'or, et l'absence complète de sympathie pour
tout être vivant.

L'avare n'aime personne. Défaut pour défaut (et s'il
fallait absolument choisir), j'aimerais mieux un ivrogne
qu'un avare ; le premier peut avoir quelquefois de
bons mouvements, le second jamais. Le ciel préserve
mes amis de l'un ou de l'autre de ces vices !

Or la physionomie de Louis Bouracan était de-
meurée ouverte et franche ; il était parfois un peu trop

grave et un peu trop soucieux pour son âge ; mais c'é-
tait toujours un bon et aimable garçon, un voisin com-
plaisant, et il rendait de la meilleure grâce du monde
tous les petits services qu'il était en son pouvoir de
rendre.

VIII

Un des ouvriers du chantier, qui avait femme et
enfants, fut écrasé par la chute d'une lourde pierre.
Ses camarades résolurent d'ouvrir une souscription en
faveur de la veuve. Le méchant rousseau à tête de renard cria bien haut qu'il fallait exclure Louis de cette
bonne œuvre.

« C'est un ladre, disait-il, et d'un ladre que peut-
on attendre? Le mieux est de ne pas s'exposer à un
refus certain. »

Le vieux maçon à tête fripée qui, une fois déjà,
avait pris la défense de Louis, déclara que l'on n'avait
pas le droit de lui faire une pareille injure, qu'il
fallait essayer, et qu'il serait temps de l'appeler ladre
quand il aurait refusé.

Dès les premiers mots qu'on lui dit de cette affaire,
Louis déclara, non seulement sans hésitation, mais encore avec une chaleur que ne montrent point les
avares, qu'il fallait aider ces pauvres gens. Rentré chez
lui, il alla à son trésor, mit une pièce de monnaie dans
la poche de son gilet, en se disant : « Ça se doit, c'est
une dépense légitime. »

Le lendemain, le nez du rousseau s'allongea d'un
bon demi-pouce, en voyant que Louis déposait une
pièce de vingt francs dans la casquette du quêteur.

Le vieux bonhomme de maçon secoua sa tête menue

et déclara que décidément ce garçon-là valait mieux
que certains individus qui « lui tombaient dessus » à
tout propos. Puis il grommela quelque chose d'assez
dur sur les gens qui sont toujours disposés à voir le
mal partout, sans doute parce qu'ils ont eux-mêmes
une méchante petite âme envieuse et jalouse.

Si le rousseau ne comprit pas à qui s'adressait la
leçon, c'est qu'il y mit de la mauvaise volonté.

IX

Tant que l'été avait duré, Louis n'avait été qu'à
moitié embarrassé pour employer ses heures de loisir.
Les dimanches, il faisait des promenades hors de la
ville. Il avait d'abord marché pour marcher et pour
tuer le temps. Il lui suffit d'ouvrir les yeux pour faire
une découverte que bien des gens n'ont jamais pu
faire de leur vie, c'est qu'il n'y a pas en ce monde que
des chantiers où l'on scie de la pierre, des cabarets où
l'on dépense bêtement son argent, et des rues où l'on
étouffe en été et où l'on patauge en hiver. Il en était
venu à préférer franchement l'air pur des grands bois
à l'atmosphère enfumée d'un ignoble estaminet, le
chant des oiseaux et le murmure de la brise dans les
arbres au bruit monotone des billes sur un billard,
ou à celui des dominos que l'on tape sur une table
toute poissée.

Il oubliait tout, il s'oubliait lui-même, tandis que
ses regards erraient sur les vastes horizons bleuâtres,
tandis qu'il regardait pendant des heures onduler un
champ de blé, ou courir un ruisseau au milieu des
roseaux et des menthes sauvages.

Il s'était peu à peu épris des belles choses que Dieu

met si libéralement à la portée des plus pauvres. Ses idées prenaient un autre tour, et son esprit contractait à son insu des habitudes nouvelles.

Lui qui, les premiers jours, craignait tant la solitude de sa pauvre chambre, parce qu'il y était assailli par les souvenirs malsains du cabaret et de l'orgie, qu'il ne pouvait s'empêcher de regretter, il y revenait sans terreur après les saines fatigues de la marche au grand air. Les souvenirs d'autrefois commençaient à pâlir derrière des souvenirs plus récents; ils ne faisaient plus naître de regrets.

Il arrivait au chantier frais et dispos; et si j'étais ce que je ne suis pas, c'est-à-dire un habile mathématicien, je vous dirais au juste de combien la scie lui paraissait moins lourde et la pierre moins dure. Tout ce que je sais, c'est qu'il travaillait mieux et plus vite, et qu'il gagnait en proportion, vu qu'il était à la tâche.

X

Lorsque l'hiver arriva, Louis se trouva sérieusement embarrassé. Par les froids secs, il pouvait encore parcourir la campagne, et il était fort étonné de la trouver à la fois si belle et cependant si changée. Mais les pluies vinrent, les brouillards, la neige : alors il regretta quelquefois le poêle ronflant et la lourde atmosphère de l'estaminet; cependant il tint bon. Les soirées étant devenues longues, il chercha où il pourrait bien aller, pour économiser sa chandelle et son charbon de terre. Il découvrit qu'il y avait, non loin de chez lui, un cours d'adultes, de sept heures à neuf heures; il alla se faire inscrire.

Le monsieur qui l'inscrivit ne lui eût pas fait un

si aimable compliment sur son amour de l'instruction, s'il avait su que Louis voulait tout simplement se chauffer gratis.

Cependant, pour ne pas se faire exclure du cours, Louis apprit ce qu'on lui enseigna, c'est-à-dire l'alphabet, d'abord avec un cordial ennui et force bâillements mal étouffés. A vingt-cinq ans, lorsqu'on n'a jamais étudié, on a déjà la tête un peu dure et la mémoire un peu rebelle.

Bon gré mal gré, il commença à se débrouiller ; il put lire un mot, puis deux, puis quelques phrases pas trop difficiles. Alors il s'intéressa à son travail. Comme il avait une volonté opiniâtre et que le succès l'encourageait, il s'acharnait à la lecture, même en dehors du cours. Il passait des heures au coin de son feu, suivant de son doigt maladroit les lignes de son livre, récoltant les mots un à un, avec autant de lenteur et de difficulté qu'il aurait cueilli des arbustes épineux ; lentement, lentement il comprenait et il s'intéressait à la lecture. Alors la neige tombait à gros flocons, ou bien la pluie fouettait ses petites vitres verdâtres ; il entendait les gens patauger et glisser sur la chaussée boueuse : rien de tout cela ne l'émouvait ni ne l'attristait ; il était tout à sa lecture, il ne savait plus ce que c'était que l'ennui. Il ne songeait plus du tout aux ronflements du poêle de l'estaminet.

XI

Les semaines formaient des mois, et les mois des années. Le petit trésor grossissait. Louis savait lire, écrire, calculer ; il avait même poussé assez loin l'étude du dessin linéaire.

Un lundi qu'il était seul au chantier, comme toujours, il venait de terminer son repas, qui ne lui prenait jamais grand temps. En attendant le moment de reprendre la scie, il s'amusait à crayonner des ornements sur une grosse pierre. M. Verdier le surprit dans cette occupation.

« Tiens! tiens! tiens! s'écria-t-il d'un ton de bonne humeur. C'est très correct, cela, mon garçon; il y a du goût là-dedans. N'as-tu jamais songé à faire des moulures, au lieu de scier éternellement de la pierre?

— Je n'aurais pas osé essayer, balbutia Louis un peu confus.

— Foin des gens qui n'osent pas essayer! cria M. Verdier avec une brusquerie amicale. Viens par ici! »

Tout en marchant, il mâchait un brin de paille qu'il venait de trouver. Louis le suivait. Ils arrivèrent à un petit appentis.

« Oh! s'écria M. Verdier en rejetant brusquement son brin de paille et en fouillant dans les poches de son paletot; on m'a volé ma clef; c'est-à-dire non, on ne me l'a pas volée; cependant si, on me l'a volée! »

Et il retournait cent fois ses poches en roulant de gros yeux.

« C'est peut-être cela? dit Louis en tendant le doigt vers une grosse clef que M. Verdier portait dans sa poche de côté, en guise de porte-cigares.

— C'est justement ce que je voulais dire, » répondit le gros homme.

Et il ouvrit l'appentis, qui contenait des tonneaux, quelques pierres et des outils.

« Voilà, dit-il, des pierres qui ne sont pas très bonnes, tu peux t'escrimer dessus. »

Et il s'assit sur un tonneau, pendant que Louis se mettait à l'œuvre.

« Pas comme cela! cria M. Verdier en sautant de
son tonneau. Bien! Voilà un bon tracé. Va maintenant.
Oh! le maladroit! c'est-à-dire non, ce n'est pas mal.
Bien, bien. Hardi, mon vieux, n'aie pas peur! »

Et le même M. Verdier, qui avait toujours une foule
d'affaires sur les bras, qui trouvait juste le temps de
courir d'une bâtisse à l'autre, qui, en ce moment
même, entendait Cocotte s'impatienter, s'ébrouer,
souffler et frapper du pied, resta là trois grandes
heures à diriger les essais d'un ornemaniste impro-
visé. Savez-vous ce que cela prouve? Cela prouve qu'il
ne faut pas, à première vue, juger les gens sur l'apparence. Cela prouve que l'on peut avoir une figure cra-
moisie, de gros yeux pas commodes, un langage brusque et goguenard, d'énormes favoris en broussailles
éclaboussés de petites pastilles de plâtre, une tendance
trop prononcée à se mettre en colère, et la mauvaise
habitude de mâcher de la paille, et n'en être pas moins
un brave homme. Oui, M. Verdier, malgré tout, était
un brave homme.

XII

Une fois promu au grade de tailleur de pierre, Louis
ne s'arrêta pas en si bon chemin. A force de travail
et de persévérance, son goût naturel aidant, il devint
le meilleur ornemaniste du chantier. C'était merveille
de voir la netteté de son coup de ciseau, et il éprou-
vait un orgueil bien légitime à contempler, doucement
posées sur des paillassons, ces belles pierres si bien
polies, si savamment fouillées, si propres, j'allais dire
si appétissantes. Il gagnait, par-dessus le marché, de
bien plus fortes journées.

Un certain samedi, aussitôt après la paye, il partit
du chantier presque en courant. Il grimpa tout d'une
haleine à sa mansarde, en referma soigneusement la
porte, et, tout essoufflé encore, se mit à compter son
trésor.

« Les deux mille francs y sont! » s'écria-t-il, ivre de
joie.

Il battait des mains, pour un rien il aurait dansé.

Pour jouir complètement de sa joie, il se fit un bon
petit feu et s'assit. Mais il ne pouvait tenir en place.
Il essaya de croiser ses jambes, puis il les décroisa
brusquement; puis il se leva, et, se mettant le dos à la
cheminée, commença à se rôtir les mollets, sans y
prendre garde. Quand ce sinapisme d'une nouvelle
espèce lui eut suffisamment dégagé la tête :

« Je crois, dit-il, que me voilà maintenant assez
calme pour écrire. »

Alors il ficela le sac aux écus, non sans lui jeter un
regard de tendresse, et prit dans le tiroir de la table
tout ce qu'il fallait pour écrire. Mais, avant de tremper
sa plume dans l'encre, il jeta un dernier coup d'œil
au sac, pour voir sans doute s'il n'avait pas pris sa
volée. Oh! non, il n'avait pas pris sa volée; il était
bien trop rebondi et trop dodu pour cela.

XIII

Alors, d'une belle et bonne écriture, bien ferme et
bien lisible, Louis écrivit ce qui suit :

« MONSIEUR DOUBLET,

« Une personne que je n'ai pas le droit de vous
nommer a fait tort à M. le comte de la Rive d'une

somme de deux mille francs. Cette personne m'a
chargé de vous envoyer les deux mille francs, pour que
vous ayez la bonté de les remettre à M. le comte de la
Rive. »

Ayant mis ce billet sous enveloppe, il écrivit dessus :
« Monsieur Doublet, notaire, rue des Chevaliers, 17. »

Sept heures sonnaient à la paroisse.

« J'irai dès ce soir, se dit-il; demain dimanche,
l'étude serait sans doute fermée : je ne veux pas tarder
d'un jour, pas seulement d'une minute.

Il fit à la hâte un bout de toilette, et courut à l'étude
de maître Doublet.

Le notaire était en train de dîner, mais le maître
clerc était là. Louis lui remit le sac et la lettre, en
rougissant aussi fort que s'il fût venu pour commettre
un vol, et non pour faire une restitution. A toutes les
questions du maître clerc, il répondait qu'il ne savait
rien, qu'il s'était simplement chargé de la commission,
et que maître Doublet était sans doute au courant. Sur
quoi il prit congé avec tant de précipitation qu'il faillit
renverser le clerc numéro 2 de sa chaise, en saluant
trop brusquement le clerc numéro 1.

Maître Doublet avait une telle réputation de loyauté,
et cette réputation était si bien méritée, que Louis des-
cendit l'escalier le cœur léger, comme si le comte de
la Rive était déjà en possession des deux mille francs.

Sous la porte cochère, il se croisa avec maître Doublet en personne. Maître Doublet, comme un notaire
qui a bien dîné, fredonnait un petit air qui ne ressemblait pas à grand'chose (peut-être improvisait-il), et
faisait sauter les breloques de sa montre. Tout cela ne
composait pas un ensemble bien formidable. Néanmoins Bouracan fila en rasant le mur, comme si, rien

qu'à le voir, maître Doublet eût pu deviner qui il était,
pourquoi il était venu et au nom de qui il était venu.

XIV

Il était venu au nom de son père mort. Le vieux
joueur, dans un de ses nombreux jours de mauvaise
chance, s'était procuré de l'argent en trompant son
maître sur le prix de certaines fournitures. Il n'avait
pas précisément l'intention de voler cet argent, et il
comptait bien le restituer à la première occasion favorable. Peu à peu il s'était familiarisé avec ce genre
d'emprunts. Il calmait sa conscience et étouffait ses
remords en tenant note des sommes empruntées, toujours avec la ferme intention de les rendre au premier
jour. Ce premier jour n'était jamais venu.

Mais ce n'est pas une raison parce qu'un homme a
un vice pour qu'il soit absolument perverti. Le bonhomme Bouracan, au moment de mourir, sentit toute
l'horreur de sa faute. Il n'était pas de ces philosophes
avancés qui ne croient ni à Dieu, ni à une autre vie.
Il fut saisi d'effroi à l'idée d'entreprendre le grand
voyage avec un pareil fardeau sur la conscience.

C'est alors qu'il confia son secret à son fils, en le
suppliant de réparer sa faute. Louis, de son côté,
n'était pas de ces hommes réputés forts, qui disent en
ricanant : « La famille! qu'est-ce que c'est que ça? »
pour n'avoir pas à supporter les charges qu'impose
la parenté. Il avait mal vécu, non parce qu'il était fon-
cièrement mauvais, mais parce qu'il avait été mal
élevé. Il trouva tout naturel que la dette du père pas-
sât sur la tête du fils. Il promit à son père de réparer

sa faute ; et il eut la consolation de voir renaître un peu de calme dans cette âme misérable, si près de paraître devant son juge.

La promesse faite à un mourant est doublement sacrée. C'est dans un vif sentiment du devoir que le scieur de pierre trouva la force de renoncer à toutes ses anciennes habitudes.

Une fois sa dette payée, il ne se demanda même pas quelle serait désormais sa conduite. Elle était toute tracée par les habitudes qu'il avait prises et par les sentiments nouveaux qui étaient nés en lui. Tout en se relâchant de l'austérité trop tendue de ses dernières années, et en s'accordant quelques plaisirs et quelques distractions, il demeura dans sa voie. Pas un instant il ne songea à rentrer dans la *Société du coude en l'air*. D'ailleurs on aurait été aussi surpris de l'y voir rentrer qu'on avait été indigné de l'en voir sortir.

XX

Le papa Verdier, tout gros qu'il était, n'était pas une bête. Dans la ville où il habitait, la fureur de construire s'était emparée de tous ceux qui avaient de l'argent, et même de ceux qui n'en avaient pas ; l'entrepreneur prévoyait le moment où il ne pourrait plus suffire aux commandes. Dans les crises de cette nature, il se trouve toujours un concurrent pour s'établir en face de l'ancien entrepreneur. Comme ce danger est inévitable, le papa Verdier ne pouvait songer à l'éviter. Et cependant il ne voulait pas perdre l'occasion de doubler sa fortune. Voici comment il s'y prit.

Il emmena Louis chez lui, et fit placer sur la table de son cabinet une vieille bouteille et deux verres.

Alors il versa deux bonnes rasades, trinqua avec Louis,
et lui demanda, de but en blanc, ce qu'il pensait du
métier d'entrepreneur.

« Bon métier, dit Louis, sans savoir où l'autre voulait en venir.

— Bien ! Il y a, 'telle rue, tel numéro, un terrain
qui fera un beau chantier ; il faut que tu le loues, et
que tu t'établisses entrepreneur.

— Et les fonds ? reprit l'ouvrier en riant.

— Ils sont là ! dit M. Verdier en donnant un grand
coup de poing sur sa caisse. Allons ! ne roule pas des
yeux si étonnés, je te cautionne.

— Mais l'expérience des affaires ?

— Je te patronne.

— Mais les risques ?

— Je te dirige.

— Mais... vous êtes si bon, dit Louis d'une voix
émue, que je ne sais comment vous remercier.

— D'abord, je ne suis pas bon, je suis habile. Je
n'ai plus assez d'un seul chantier, j'en loue un second.
Je n'ai plus le temps de surveiller tout ; je regarde
autour de moi, je prends un garçon honnête et intelligent, je le mets à la tête de ce chantier. Mais moi pas
bête, moi qui connais le monde, et l'amour du monde
pour tout ce qui est nouveau, je ne dis pas au monde :
« Voilà mon second chantier. » Je laisse dire : « Voilà
le chantier du concurrent ! Allons au chantier du concurrent ! » Ils iront, sois en sûr, et heureusement pour
eux qu'ils auront affaire à un gaillard intelligent et
honnête. Ils en auront pour leur argent, et ne se dou-
teront pas un instant que je me fais concurrence à
moi-même. J'avance les fonds, tu fournis l'intelligence
et l'activité, et nous partageons. A ta santé !

XVI

La ville se couvre de maisons neuves, bâties en partie par M. Verdier, en partie par M. Bouracan son concurrent. Dans l'église nouvelle, construite avec beaucoup de goût et d'intelligence par M. Bouracan, on vient de publier les bans de Louis Bouracan et de Mademoiselle Élodie Verdier.

« Les deux maisons n'en feront qu'une, » disent les bonnes gens, sans se douter que les maisons n'ont jamais été séparées.

Quand on parle de ces choses dans quelque réunion de la *Société du coude en l'air*, le rousseau envieux, qui n'a jamais aimé Louis, déclare que c'est un sournois, et qu'il le voyait venir de loin.

« Si tu le voyais venir de loin, dit en mâchonnant le vieux maçon (car il n'a plus de dents), tu n'avais qu'à faire comme lui, et tu n'en vaudrais que mieux. Clos ton bec, ou je te mets ta muselière. »

Et le rousseau se tait; que peut-il faire de mieux?

IL ÉTAIT TEMPS

I

LA MAUVAISE VOI

Le docteur Heurtier, absorbé par les soins et les soucis de sa profession, ne remarquait pas que ses enfants étaient malades. Oui, ils avaient gagné au contact de quelques petits amis prétentieux la maladie épidémique que l'on nomme « la manie de paraître ».

Madame Heurtier, aveuglée par sa tendresse, trouvait ses enfants les plus charmants du monde, et ne remarquait pas que Marie se connaissait trop bien en toilettes à un âge où l'on ne devrait encore se connaître qu'en poupées, et que le petit Raoul devenait un jeune monsieur prétentieux et moqueur.

L'oncle Henri vit tout cela. Il patienta aussi longtemps que le lui permit la brusque franchise de son caractère. Après avoir lancé mainte allusion transparente, qui demeura sans effet, il résolut de frapper un grand coup.

Voilà pourquoi, un beau matin, madame Heurtier le vit entrer chez elle, avec un air de circonstance. Il avait boutonné militairement sa grande houppelande jusqu'au cou : c'est ce qu'il appelait « se mettre en tenue de combat ».

Comme il entrait, madame Heurtier referma brusquement un des tiroirs de son secrétaire.

« Ma chère, lui dit-il, tu fais fausse route. Il est de mon devoir de t'avertir pendant qu'il est encore temps. Ta fille, passe-moi l'expression, devient *une petite peste ;* quand à Raoul, il tourne tout simplement au *petit crevé.* »

Madame Heurtier se récria. L'oncle développa son idée. « Qu'y a-t-il de plus grotesque, dit-il, que des enfants qui ont des prétentions au-dessus de leur âge ? Marie fait la dame, Raoul fait le monsieur, et encore, quelle dame et quel monsieur ! ils coupent, ils tranchent dans la conversation..... »

Une fois parti, l'oncle Henri ne s'arrêtait pas facilement ; pendant qu'il donnait carrière à son indignation, sa nièce se disait, avec une grande confusion intérieure, qu'il n'était pas seul à parler ainsi de ses enfants. Dans le tiroir qu'elle venait de fermer si vivement, elle cachait le cahier de notes de Marie. L'institutrice avait déclaré qu'il lui serait désormais impossible de s'occuper de Marie : 1° parce qu'elle ne voulait plus rien faire ; 2° parce qu'à la moindre observation elle prenait des airs ,de reine offensée, et commençait à répondre avec impertinence.

A côté du cahier de notes de Marie, il y avait une longue lettre du maître de pension de Raoul. L'élève Heurtier (Raoul), disait cette lettre, commençait à exprimer, dans un langage beaucoup trop pittoresque, le plus souverain mépris pour les études classiques en général, et pour le thème latin en particulier. Il avait, devant témoins, traité cet exercice utile de « sottise infecte » ; il avait appelé la pension Morillon « une boîte » ; il se faisait des sous-pieds avec de la ficelle et sentait fréquemment la cigarette.

« Mes pauvres enfants ! dit madame Heurtier à son oncle, comme vous êtes dur avec eux ! Ils ont si bon cœur !

— Raison de plus pour couper court. Ils ont bon cœur, soit ; mais tu fais tout pour les rendre vaniteux. Or la vanité dessèche le cœur. Il lui faut des triomphes à tout prix ; il faut, pour être complets, que ses triomphes humilient ou attristent quelqu'un. Tu ne me crois pas, ma bonne fille ? Tu croiras l'expérience ; Dieu veuille qu'il ne soit pas trop tard quand tu ouvriras les yeux. » Et l'oncle Henri sortit, plus boutonné que jamais.

Madame Heurtier appuya sa tête sur sa main et se mit à réfléchir. Le seul résultat de ses réflexions fut une migraine affreuse.

Le soir, pour se divertir, elle emmena « ses chéris » faire une petite visite. Malgré elle, elle regarda ses enfants d'un œil plus attentif : elle remarqua que Marie lui coupait trop volontiers la parole, levait trop souvent les yeux au ciel, employait trop facilement l'épithète « idéal » pour qualifier un bichon ou une étoffe, et faisait d'un petit ton trop assuré des observations risquées sur des sujets qui n'étaient pas de sa compétence. Raoul bâillait à faire frémir, et prenait des airs à montrer clairement qu'il dédaignait tout ce qui n'était pas sa petite personne.

Elle eut comme un mouvement d'humeur contre ses enfants ; puis elle se reprocha ce mouvement, et entra dans un magasin de jouets. A des prix ridiculement élevés elle acheta une poupée pour Marie, et tout un harnachement militaire pour Raoul. « Tu

fais une folie, » lui disait sa raison. « Rien n'est trop
beau pour eux, » répondait son aveugle tendresse.
Et puis, tout au fond de son cœur, elle regardait
cette équipée comme une protestation contre les
attaques « injustes » de l'oncle Henri, de l'institutrice et du maître de pension.

Les petits enfants qui flânaient sur le trottoir et
regardaient les éblouissants étalages du jour de l'an,
se retournaient, et faisaient la haie pour jeter des
yeux pleins d'admiration et d'envie sur la belle
poupée et sur le bel uniforme.

Madame Heurtier, plus préoccupée qu'elle n'eût
voulu l'être des paroles de son oncle, vit pour la
première fois une chose qu'elle aurait voulu n'avoir
jamais vue, une chose qui lui perça le cœur et lui
ouvrit subitement les yeux.

Raoul ne se contentait pas de parader, il ricanait
d'un air dédaigneux et toisait insolemment les
pauvres petits qui les regardaient bouche béante.
Quant à Marie, elle avait pour ses admirateurs un
sourire si sec et si hautain, que madame Heurtier
trouva justifiés les reproches de l'institutrice.

Le coup fut violent, et la révolution soudaine. La
pauvre mère eut honte de ses enfants, elle qui en
était si fière. Son cœur se gonfla d'indignation, car
elle avait bon cœur. Pour mettre fin à une scène si
pénible, elle poussa Raoul et Marie dans un fiacre,
s'y jeta après eux et leva les glaces. Sa main tremblait, son cœur était plein d'amertume. Elle ne dit
rien cependant; elle ne se sentait pas assez maîtresse
d'elle-même pour exprimer en termes dignes et sévères les pensées qui lui venaient à l'esprit.

Une à une, les paroles de l'oncle Henri se présen-
taient à sa mémoire. « Oui, se disait-elle, la vanité

RAOUL RICANAIT D'UN AIR DÉDAIGNEUX.

dessèche le cœur. Il lui faut des triomphes à tout prix ; il faut, pour être complets, que ces triomphes humilient ou attristent quelqu'un. » Que de regards attristés ou envieux elle avait surpris dans les yeux qui s'étaient fixés sur ses enfants !

Elle emmena les deux coupables dans sa chambre, et y resta longtemps enfermée avec eux.

II

RÉPARATION

Quelques jours après, l'oncle Henri, sur un petit mot de sa nièce, accourut la trouver.

« L'autre jour, lui dit madame Heurtier en rougissant, vous m'avez dit que...

— C'est convenu : n'en parlons plus, dit doucement l'oncle Henri. Voyant que sa nièce était embarrassée, il avait pitié de son embarras. Car s'il était un peu bourru, il avait le cœur bien placé et plein de délicatesse. Il n'était pas comme ces donneurs de conseils qui s'en vont répétant à tout bout de champ : Je vous l'avais bien dit !

« Au contraire, reprit madame Heurtier en souriant, parlons-en. Et d'abord, il faut que je vous remercie d'avoir commencé à m'ouvrir les yeux. »

Pour se donner une contenance, l'oncle Henri déboutonna sa houppelande.

Tout le temps que sa nièce mit à lui raconter de point en point ce qui s'était passé, il regardait le tapis avec obstination. Il était ému : « Eh bien ! dit-il enfin, une fois rentrée à la maison, qu'as-tu fait ?

ILS M'ONT DEMANDÉ A RÉPARER LEUR FAUTE.

— J'ai beaucoup pleuré, et des larmes bien amères. Mes enfants, qui, après tout, ont bon cœur (signe affirmatif de l'oncle Henri), ont été profondément touchés de ma peine. Quand je les ai vus si émus et si ébranlés, j'ai jugé inutile de leur faire des reproches. Je me suis adressée à leur cœur; je les ai aidés à comprendre la nature du mal qu'ils avaient fait. Ils ont compris, les chéris, car ils sont intelligents (sourire et signe affirmatif de l'oncle Henri), que c'est, pour une âme, un grand malheur de faire naître dans d'autres âmes des sentiments aussi pénibles et aussi dangereux que le sentiment de l'humiliation, de la jalousie, de la haine peut-être.

» Ils m'ont demandé d'eux-mêmes à réparer leur faute. Je leur ai dit de chercher quel genre de réparation serait le meilleur. Ils ont tenu conseil entre eux. Ç'a été la grande affaire des trois jours derniers. Pour les encourager et soutenir leur bonne volonté, je leur ai fait l'aumône d'un petit conseil de temps en temps; mais leur décision leur appartient en propre. J'ai voulu leur laisser la peine de chercher et le plaisir de trouver, afin que le souvenir de cette aventure reste profondément gravé dans leur mémoire.

» Leur première idée a été de donner les malencontreux joujoux aux enfants que nous avions rencontrés. Outre la difficulté de retrouver des enfants que nous ne connaissions pas, il y avait un inconvénient, que Marie, cette chère petite, a signalé d'elle-même. Ces joujoux sont trop beaux. Ils feraient sans doute plaisir aux enfants à qui on les donnerait, mais ce ne serait pas un plaisir sans mélange et sans danger. Par leur magnificence disproportionnée, ils provoqueraient de fâcheuses comparaisons dans l'entourage; ils feraient naître des jalousies, ils susciteraient des inimitiés; et quand ils seraient détruits, ils laisseraient derrière eux, outre le regret de ne plus les avoir, le dégoût des choses plus simples.

» On m'a soumis successivement une demi-douzaine de projets, de contre-projets et d'amendements. Voici à quoi l'on s'est arrêté.

» Tous les dimanches nous voyons passer d'ici, sur le trottoir d'en face, les petits orphelins d'un asile, que les Sœurs conduisent à la messe du matin. Marie a pensé à eux. « Ils n'ont, m'a-t-elle dit, ni papa ni maman pour leur donner des étrennes, et ils doivent aimer les joujoux comme tous les enfants. Nous venons te prier de nous racheter les nôtres, que tu trouveras à placer pour quelque vente de charité, et de nous donner l'argent, auquel nous joindrons nos économies. Nous achèterons toute une cargaison de joujoux à bon marché, nous irons les distribuer nous-mêmes à ces petits enfants. Ce sera si amusant de les voir rire, sauter, et de les entendre faire beaucoup de tapage!

— Eh bien, dit l'oncle Henri, qu'as-tu répondu à cela?

— Je n'ai pas voulu paraître trop frappée de leur petit projet. J'ai seulement répondu que je l'approuvais. Je leur ai posé quelques questions pour voir s'ils se rendaient bien compte de ce qu'ils allaient faire, et si toute cette histoire ne se tournerait pas en simple amusette. Ne vous moquez pas de moi si je vous affirme que leurs réponses ont été sensées et judicieuses.

» J'ai su par la directrice de l'asile qu'à certaines époques ceux de leurs anciens pensionnaires qui ne sont pas placés trop loin reviennent les voir, et que c'est l'occasion de quelques petites fêtes. J'ai fait part de cette circonstance à mes enfants. Comme quelques-uns de ces anciens pensionnaires, garçons ou filles, ne sont pas dans une situation bien brillante, nous avons joint aux joujoux un bon ballot de vêtements chauds. Vous m'offrirez bien votre bras jusqu'à l'asile. Marie et Raoul ont tenu à porter leurs paquets eux-mêmes. J'ai seulement envoyé le ballot de vêtements par Germain, parce qu'il était trop lourd. »

En ce moment les deux enfants entrèrent, fort simplement vêtus. On voyait qu'ils ne voulaient pas jouer aux seigneurs faisant largesse à leurs vassaux.

L'oncle Henri et sa nièce marchaient derrière les deux enfants, qui encombraient le trottoir de leurs énormes paquets. Quelques flâneurs se retournaient avec surprise. Madame de Chasserel, une amie trop mondaine de madame Heurtier, passa en coupé du matin ; elle porta son lorgnon à ses yeux, et se jura à elle-même qu'elle s'était trompée, qu'elle avait mal vu, que madame Heurtier ne sortirait pas en toilette négligée, donnant le bras à un vieux bonhomme affublé d'une houppelande, et qu'elle ne laisserait pas ses enfants porter des paquets enveloppés de papier gris, comme les garçons épiciers !

L'oncle Henri refusa absolument d'entrer dans la salle où l'on devait réunir les enfants, sous prétexte qu'ils le prendraient pour Croquemitaine ou pour le père Fouettard. C'était une de ses manies de se tenir toujours à l'écart. Mais il se posta derrière un vasistas. Vu de la salle, derrière sa vitre, il ressemblait au portrait mal encadré de quelque ancêtre bourru. Mais les enfants ne songeaient guère à le regarder.

Au moment même où commença la distribution, les voisins de la salle d'asile tressaillirent en enten-

LES ENFANTS S'AVANCÈRENT LES MAINS TENDUES.

dant un vacarme épouvantable, et le bruit courut
dans le quartier que les bambins étaient en pleine
insurrection contre les bonnes Sœurs.

Les marmots avaient commencé par regarder les
visiteurs d'un air passablement ahuri ; les anciens et
les anciennes pensionnaires se tenaient tout penauds
au second plan. Quand on leur expliqua ce que con-
tenaient les paquets, ils se regardèrent les uns les
autres et se mirent à ricaner. Les plus hardis cependant s'avancèrent, les mains tendues ; alors il y eut
une poussée ; les distributeurs furent littéralement
bloqués et faits prisonniers ; Marie, un instant, eut
peur, et Raoul fut indignement bousculé. Cette première explosion de joie fut terrible ; l'oncle Henri,
derrière sa vitre, se demanda s'il lui faudrait inter-
venir, et provisoirement boutonna sa houppelande.
A la fin, tout le monde se mit à rire.

Marie, ayant pris à part une des sœurs de charité,
lui demanda si tous les enfants étaient là.

« Tous, excepté une pauvre petite qui s'est cassé
la jambe en courant, et qui est couchée.

— Peut-on la voir ? »

La petite malade était dans un lit bien blanc. Sa
figure pâlie et amaigrie par la souffrance avait quelque chose de si touchant que Marie se sentit remuée
jusqu'au fond du cœur. Elle se mit à genoux au chevet du lit, pour embrasser l'enfant, qui la regardait
avec des yeux surpris. Elle posa successivement
sur la couverture un chien et un mouton qui, par
suite d'une erreur de fabrication, avaient changé
de voix : le chien bêlait et le mouton aboyait. La
petite fille regarda Marie, puis le mouton, puis le
chien, qu'elle pressait contre sa poitrine, mais elle

ne dit pas merci. Elle semblait réfléchir profondément.

Elle leva les yeux sur Marie et la regarda cette
fois bien en face; il y eut un petit tressaillement autour de sa bouche comme si elle allait sourire ou
parler; mais elle ne parla pas et elle ne sourit pas.
Marie, par un mouvement de sympathie, se rap-
procha encore du petit lit, posa doucement sa tête
sur l'oreiller, et fixa sur le pauvre visage pâli deux
yeux pleins de tendresse et de pitié. Alors la petite
tête se souleva doucement, et les lèvres pâles se po-
sèrent sur la joue de Marie.

Pendant ce temps-là, Raoul, devenu chef d'or-
chestre, conduisait un immense charivari de tam-
bours, de trompettes, de crécelles et de mirlitons.

« Nous sommes, je crois, dans la bonne voie! dit
l'oncle Henri, qui était sorti de son cadre pour offrir
son bras à sa nièce.

— Entre nous, répondit madame Heurtier, je crois
qu'il était temps d'y rentrer.

FIN

TABLE DES MATIÈRES

FIN DE LA TABLE DES MATIÈRES.

PARIS. — IMPRIMERIE ÉMILE MARTINET, RUE MIGNON, 2.

PARIS. — IMPRIMERIE ÉMILE MARTINET, RUE MIGNON, 2

www.ingramcontent.com/pod-product-compliance
Lightning Source LLC
Chambersburg PA
CBHW051821020726
47502CB00005B/1571